afgeschreven

D1187130

Wat ik moest verzwijgen

Ariëlla Kornmehl bij Uitgeverij Cossee

De vlindermaand
De familie Goldwasser
Een stille moeder

Ariëlla Kornmehl

Wat ik moest verzwijgen

Roman

Cossee
Amsterdam

© 2013 Ariëlla Kornmehl
en Uitgeverij Cossee BV, Amsterdam
Omslagbeeld plainpicture/Hanka Steidle
Boekomslag Marry van Baar
Foto auteur Ekko van Schwichow
Typografie binnenwerk Perfect Service, Schoonhoven
Druk Ten Brink, Meppel

ISBN 978 90 5936 437 0 | NUR 301

Voor je achterkleindochters,
Laila & Emma

'Proberen mens te zijn is geen verdienste,
maar normaal.'

Max Léons, verzetsheld

I

Jet wist naar wie ze moest zoeken. Henk zou op zijn broer lijken, de groenteman die ze na al die jaren wel kon uittekenen. Ze herkende hem onmiddellijk: hij had hetzelfde flinke postuur en hoekige gezicht.

Ze schudden elkaar de hand en Jet bedankte hem meteen; zomaar een logee in huis nemen was niet niks.

'Wat heb je in godsnaam allemaal bij je?' vroeg Henk toen hij haar van haar koffer verloste. Dat haar ouders een schilderij hadden meegegeven, hield Jet nog even voor zich. Ze glimlachte verontschuldigend en liep achter hem aan.

Ze had nog een verrassing voor hem. Uitstellen was onmogelijk. Nog in de stationshal vroeg ze of ze iemand mee mocht nemen. Henk stopte met lopen, draaide zich om en zei dat hij haar niet goed verstond. Ze herhaalde haar vraag op een smekende toon die hij niet kon missen.

Henk kuchte en keek ongemakkelijk om zich heen. 'Op plek voor twee heb ik niet gerekend.'

Jet liet haar hoofd een tikkeltje opzij hangen en bleef hem net zo lang in de ogen kijken tot hij instemde. Misha stond een meter of vier, vijf, achter haar.

'Is dat 'm?'

Jet knikte.

'Waar komt hij vandaan?'

'Dat maakt toch niet uit? Zijn Nederlands is alleen niet zo denderend.'

'Ook dat nog.' Na een korte stilte bracht hij zijn gezicht dicht bij Jet. 'Onder de grond, of niet,' fluisterde hij.

Jet knikte; onder de grond was geweldig. Ze zou hem zelf verzorgen, daar hoefde hij niet naar om te kijken. En als ze weer terug in Amsterdam waren, zou ze zorgen dat het allemaal verrekend werd met zijn broer, beloofde ze stellig.

Henk draaide zijn pet een kwartslag terwijl Misha geruisloos achter ze aanliep. Jet voelde hem meelopen maar durfde niet naar hem om te kijken. Ze zou haar blijdschap niet kunnen bedwingen, zelfs zonder hem te zien voelde ze het onweerstaanbare verlangen hem in de armen te vliegen.

De eerste keer dat ze hem zag op de Dam, had ze gebiologeerd naar hem gekeken. Zijn donkerrode lippen en blauwe ogen gaven nog enige kleur aan zijn bleke gezicht, aan zijn kaaklijn en hals kon ze zien dat hij te mager was. Ze zag hoe hij zich groot hield, hoe hij probeerde te praten in een taal die hij niet beheerste. Hij zat daar regelmatig met andere vluchtelingen, om zijn eigen taal te kunnen spreken. Later kon Jet het niet uitstaan als hij een avond op straat doorbracht terwijl zij het huis van haar ouders niet meer uit mocht. Alleen al het idee dat hij naar andere meisjes keek of met ze zou praten, maakte haar gek.

'We gaan thuis duidelijke regels opstellen,' zei Henk. 'En je moet iets harder praten, door het lawaai op de drukkerij heb ik wat last van mijn gehoor.'

Jet wist niet eens dat hij bij een drukkerij werkte, ze knikte en zag dat hij schuiner was gaan lopen door het gewicht van haar koffer. Misha leek nog nergens deel van uit te maken, maar dat zou vast niet lang meer duren. Onder de grond is heel dichtbij, dacht Jet.

Ze boften. Bij Henk in huis was het in de koude winter warm en werd Jet goed behandeld. Ze moest wel aan het werk wennen, daar hadden ze zelf iemand voor in huis gehad – ze had nog nooit een stofdoek vastgehouden. De moeder van Jet had hun huishoudster een paar dagen voor vertrek gedag gezegd, ze zouden 'op vakantie gaan'. Zodra ze terug waren, zouden ze haar weer opbellen.

Henk was geduldig. Hij deed sommige schoonmaak-klusjes eerst voor, en het eten in huis was voor iedereen, benadrukte hij. Toen Jet hem vertelde over het schilde-rij, dat nu bij Misha in de kelder stond, wilde Henk het direct ophangen. 'Het is daar veel te vochtig voor een doek,' zei hij. Hij leek nog iets te willen zeggen.

Het doek mocht aan de muur, maar het gouden me-daillon dat Jet om haar nek droeg, was eigenlijk te mooi voor een huishoudster. 'Zeker ook van je ouders mee-gekregen,' zei Henk. Jet excuseerde zich, deed hem af en liet hem in de zak van haar schort glijden om later in haar koffer te bewaren.

Haar ouders belden in het begin regelmatig naar Haarlem, waar Jet zelf de telefoon mocht opnemen. Na hun afscheid in Amsterdam waren ze naar een hotel vertrokken. Sinds ze daar weg waren gegaan, zonder Jet te vertellen waarheen, belden ze steeds minder. Jet had de laatste keer naar hun nieuwe adres gevraagd, maar haar moeder had amper kunnen praten.

'Ik mis jullie,' zei Jet. Daarna werd het nog stiller aan de lijn. Jet wist niet meer wat ze moest zeggen, ook omdat haar ouders niet van Misha afwisten. Elke dag, als ze het trappetje afliep om hem eten en drinken te brengen, onderdrukte ze haar schuldgevoel. In zijn verstikkend kleine kamertje lag een matras op de grond met een drietal boeken ernaast. Ondanks het vocht en de duisternis, op een nachtlampje na, bleef hij onverklaarbaar geduldig, rustig en tevreden. Hij waste zich elke dag met een teil warm water die Jet meebracht van boven en trok schoon ondergoed aan om vervolgens weer op zijn matras te gaan lezen. Jet bezocht Misha aan het eind van elke werkdag. Ze moest overdag aanwezig en beschikbaar zijn, zoals het een dienstmeisje betaamde. Er gingen al geruchten in de buurt, vertelde Henk, ze zeiden dat hij er een relatie op na hield met zijn jonge huishoudster. Daar konden ze samen om lachen, zo zouden ze nog wel wat maanden doorkomen. Over de aanwezigheid van Misha deed Henk niet moeilijk, zolang hij zich gedroeg en zich aan de regels hield.

Ook Jet klaagde niet. 's Avonds lag ze in bed en dacht aan haar moeder, die niet had gereageerd toen ze zei dat ze haar miste. Ze moest eens weten hoe hard ik hier werk, dacht Jet geamuseerd. Haar moeder had zich altijd geërgerd aan Jets kamer. Opruimen deed ze zelden, ze maakte nooit schoon en liet van alles slingeren. De boel op orde brengen deed ze eigenlijk pas voor het eerst toen haar vader haar had opgedragen haar spullen te sorteren. Ze hoorde het hem weer aankondigen. Terwijl ze met een bord lauwe pap ontbeten, zei hij dat hij maatregelen wilde treffen en al van alles had geregeld.

Ze zouden vertrekken. Geruchten deden allang de ronde, wat was er nu opeens veranderd? Jet had geen trek meer, maar haar moeder stond erop dat ze door at. Toen ze zich realiseerde dat ze Misha niet meer zou zien, begon ze te kokhalzen. Maar hoe ze zich ook verzette, haar vader hield voet bij stuk.

Bij het aanbreken van de dag verdeelden ze het huisraad in drieën in de woonkamer. In een hoek van de kamer kwamen de spullen die klein en belangrijk genoeg waren om mee te nemen. In de tweede hoek zetten ze de kostbaarheden die te groot waren. De derde hoek werd gevuld met wat niet bewaard hoefde te blijven als dat niet zou kunnen. Haar moeder kreeg het warm van het tillen en lopen. Ze knoopte haar bevershawl los, drukte een paar spelden in haar haren stevig aan en pufte. De volgende ochtend zouden de verhuizers al komen om de grootste spullen op te halen. Behalve kunstwerken en andere waardevolle voorwerpen had haar vader, die bekendstond als een coulante huiseigenaar, heel wat kleinigheden verzameld in de loop der jaren – wanneer zijn huurders krap bij kas zaten was hij de moeilijkste niet, en nam hij met plezier mee wat ze hem aanboden. Jet vroeg of haar neefje Otto en zijn ouders ook weggingen. Haar vader haalde zijn schouders op; voor zover hij wist nog niet, maar het zou vast niet lang duren.

Het zilverwerk, deels van haar grootouders uit Groningen afkomstig, kwam terecht op de eerste stapel. Haar moeder sorteerde het bestek en keek Jet aan. 'Als het nodig is, betaal je hiermee.'

Ook de danseres moest worden ingepakt. Haar vader had het schilderij voorzichtig van de muur gehaald, waardoor haar moeder voor het eerst de achterkant van het doek zag.

'Wacht eens,' zei ze, haar ogen tot spleetjes geknepen. Vlak onder de rand van de lijst stond *Tini in Paris*. 'Toch, Sal?' vroeg ze, 'dat staat er toch? Tini in Paris.'

'Tini, ja. Dat heeft Degas daar vast zelf geschreven.'

De schilder had de danseres waarschijnlijk in het echt gezien en bewonderd, dacht Jet. Een vrouw in een lange jurk, met donker haar, wiegende heupen en een smal lichaam.

Al die tijd had de danseres met grote ogen naar ze gekeken, ook toen Misha er stiekem was. Teder bedekte haar moeder het doek met twee lakens. Over een paar maanden, verzekerde Jet haar, zie je haar weer dansen. Haar moeder knikte en beet op haar onderlip. 'Maar ik laat haar niet achter,' zei ze, 'ze gaat onder in jouw koffer. Ze zal je beschermen.'

Haar vader was het er niet mee eens, maar Jet had

haar moeder niet vaak zo vol overtuiging meegemaakt. Sal had duidelijk geen zin in conflicten en stelde voor dat hij het doek dan tenminste zou uitsnijden. 'Niet nu, Sal, alsjeblieft, je kunt nu niet rustig snijden.' Jet hoorde de paniek in haar moeders stem. Om haar te kalmeren, stelde ze voor het doek nu met lijst en al mee te nemen, die zou ze dan altijd nog kunnen verkopen. Dan zou ze het doek netjes oprollen en bij zich houden. 'Zo doen we het,' zei haar vader, 'de verkoop van de lijst kan nog goed van pas komen.' Haar moeder glimlachte en gebood Jet voorzichtig te doen als het zover zou zijn. 'En als het niet nodig is, laat je haar in haar lijst.' Ze trok haar gouden medaillon van haar hals en gebaarde Jet dichterbij te komen. Voorzichtig hing ze het om Jets nek. 'Draag die altijd onder je kleren, schat,' drukte ze haar op het hart.

De kristallen vazen waren te zwaar. Hoe groter de stapel spullen werd die ze niet mee konden nemen, hoe treuriger Jets moeder keek. Sal bromde dat ze niet zo somber moest doen, het was allemaal maar tijdelijk en uit voorzorg. En ze waren Groningers, wat kon hun nou gebeuren?

'Waar wordt de rest bewaard?' vroeg Jet.

'Bij Büch,' antwoordde hij stellig. 'Verhuisbedrijf Büch.'

De volgende ochtend stak haar moeder het ontvangstbewijs van de verhuizers onder haar kleren. Maar toen Sal de volle koffers door het trappenhuis naar beneden droeg, haalde ze het bonnetje uit haar beha en overhandigde het aan Jet.

'Goed bewaren,' zei ze. 'Als ons iets overkomt, ga jij alles ophalen. We hebben jouw naam erbij laten zetten.'

Jet kreeg buikpijn van die opmerking. Ze propte het papiertje op dezelfde plek als waar haar moeder het vandaan had gehaald, maar bij haar zag het er gek uit.

Omdat Misha bij haar ouders geen goede indruk zou maken – hoe vaak had ze haar vader al over die vluchtelingen horen klagen? En hij vond haar überhaupt te jong voor de liefde, had hij gezegd – had ze hem niet genoemd bij de bespreking van de plannen.

Haar ouders wilden niemand tot last zijn; ze hadden voor zichzelf voorlopig een hotelkamer gereserveerd in de buurt. Voor het eerst in haar leven mocht Jet niet met hen mee. Haar vader was vastberaden. 'Je bent jong en je hebt meer kansen,' had hij nuchter gezegd, en ondanks dat het overtuigend had geklonken begreep ze niet waarom hij erop stond dat zij in haar eentje de trein naar Haarlem zou nemen.

Als de nuchtere Groningers die ze waren, werd er niet al te gevoelig gedaan bij het vertrek. Binnen nog, vlak achter de voordeur, sloot haar moeder haar stevig in haar armen. Sal hield zijn hoed gespannen vast, wisselend van zijn ene naar zijn andere hand. Wanneer hij hem opzet, laat hij me gaan, wist Jet. Ze vroeg zich af of hij wist hoe streng hij voor haar was geweest. Wist hij misschien wat er al maanden gaande was met haar vriendje? Stuurde hij haar ook daarom weg? Nee, hij zou haar juist bij zich houden als dat niet te gevaarlijk was. Hij zegende haar, een gebaar dat ze kende van heel vroeger, van de keren dat hij op reis ging naar het buitenland. Zonder een woord te zeggen had hij zijn hand op haar hoofd gelegd. Hij kuste haar en verzekerde haar dat ze elkaar gauw weer zouden zien. Ze zouden bellen, zo vaak mogelijk. 'Denk eraan: niet achteromkijken. Voor je kijken en doortrappen.' Hij zette zijn hoed op.

Niet veel later stonden ze met hun koffers in de steeg. Die van Jet was loodzwaar maar ze klaagde niet, anders zou de danseres eruit moeten. Haar vader draaide de sleutel nog een keer om in het slot van de voordeur. Haar moeder bestudeerde de straattegels. Na een laatste vluchtige zoen – haar vader had in de hal nog gezegd dat ze buiten niet moesten opvallen – liep Jet, kromgebogen door het gewicht van haar koffer, de Gravenstraat in. Ze wist dat haar ouders haar nakeken. Na enkele stappen bukte ze om haar veterlaarsje strakker te strikken, waarbij ze nog een keer achterom keek. Ze zwaaide en probeerde te glimlachen. Ze was bang dat ze midden op straat zou moeten kotsen.

Haar vader had een jongen geregeld om haar koffer te dragen, hij zou om de hoek op haar wachten. Hij wist niet dat Misha twee straten verderop stond. Direct na haar vaders aankondiging had ze Misha al gevraagd met haar mee te gaan. Hij had niet onmiddellijk ingestemd, eigenlijk wilde hij zijn werk niet opgeven, en haar onnodig in gevaar brengen door zijn aanwezigheid leek hem geen goed idee. Maar Jet stond erop, anders zou ze niet vertrekken. En als ze thuisbleef, zou ze alleen maar meer gevaar lopen.

Misha bleef twijfelen, maar Jet drong aan. Toen diezelfde week een van zijn maatjes op het station om onduidelijke redenen werd opgepakt, stemde hij in: ze liepen hier allebei gevaar, en misschien was dit wel hun enige kans om bij elkaar te blijven.

Het voorjaar, zei Henk op een dag, belooft helaas niet veel goeds. De nieuwe buren waren mensen uit 'de verkeerde hoek'. Het gezin van meneer Van Keulen had wel twee lieve kindertjes, maar hijzelf zou weleens problemen kunnen veroorzaken.

Het was onvermijdelijk dat Jet hem zou ontmoeten. Van Keulen had een zelfverzekerde uitstraling, een mooie kaaklijn en golvend dik haar. Zijn donkere ogen vielen haar onmiddellijk op. Hij voldoet niet aan zijn eigen rassenwetten, had ze thuis gezegd. 'Jij gelukkig ook niet,' had Henk met een knipoog geantwoord.

Het meubelbedrijf waar Van Keulen verantwoordelijk voor was, lag in de buurt van hun woonwijk. Hij kwam dagelijks tussen de middag naar huis en zocht Jets aandacht zodra ze zich in de tuin begaf. Als hij nog even buiten zat na het middageten, drong hij aan op haar gezelschap. Dan begroette hij haar vriendelijk, vroeg hoe het met haar ging. Hoe ze het buurtje vond, had hij in het begin zelfs gevraagd, hij toonde oprechte interesse. Als hij niet af en toe zijn uniform droeg, had ze niet meteen geweten wat voor man hij was.

Ze durfde hem niet te antwoorden, maar kon hem ook niet negeren – Henk had haar nadrukkelijk verzocht hem niet tegen te werken. Hij leek in eerste instantie niet erg geïntimideerd door de buurman, maar had wel gewaarschuwd dat Jet vooral nooit kenbaar mocht maken wie ze was. Ze had nu een andere achternaam, die ze zo overtuigend en natuurlijk mogelijk moest zeggen als de buurman ernaar zou vragen. Henk had dat al meerdere keren met haar geoefend – het zou tenslotte ook hem de kop kunnen kosten.

Jet vreesde de zonnige lentedagen.

De tuinen van Henk en Van Keulen grensden aan elkaar en er had nooit een heg gestaan; met zijn oorspronkelijke buren was Henk bevriend geweest. Nu er een halfjaar geleden nieuwe mensen waren gekomen, had Henk al snel begrepen dat hij met dat uniform geen ruzie moest maken. Dus toen hij over een heg begon en Van Keulen duidelijk maakte daar geen trek in te hebben, was dat hoofdstuk meteen weer afgesloten.

Toch was er voor Henk geen reden om anders in het leven te staan en ook het feit dat hij Jet in huis had, ervoer hij niet als een grotere bedreiging dan tevoren. Hij was zich vanaf het begin al bewust van de risico's die hij liep, met of zonder deze buurman. Misha moest vooral niet uit de kelder vandaan komen, maar Jet was niets anders dan zijn blonde, Groningse dienstmeisje. Dat een alleenstaande man graag een mooie jongedame in huis heeft, dat kon iedereen begrijpen, suste hij zichzelf.

Pech was alleen dat deze buurman binnen enkele dagen was gesmolten voor Jet. Vanaf de eerste begroeting kon hij zijn ogen niet meer van haar af houden. Zo had hij dat zelf tegen haar gezegd, maar zijn toon kon snel omslaan: als ze de was bleef ophangen, haar werk niet onderbrak om hem te woord te staan, vroeg hij geïrriteerd of ze niet eens wat kon ontspannen.

Jet had zich voorgenomen om Misha niet ongerust te maken met verhalen over wat zich boven in de tuin afspeelde, ze hield hem alleen op de hoogte van het nieuws dat Henk haar vertelde, waardoor ze de indruk kregen dat ze er goed aan hadden gedaan om naar Haarlem te vertrekken. Al bleef ze zich schuldig voelen over Misha's ellendige plek in huis, nooit twijfelde ze aan hun besluit, beter konden ze het niet hebben. Zelfs als Misha bijna stikte in zijn diepe hoest, wist ze dat ze bij Henk goed zaten.

Op dinsdag- en donderdagmiddag waren Van Keulens vrouw en kinderen niet thuis, ze kwamen pas terug als Van Keulen weer naar zijn werk was vertrokken. Jet had het wasschema al gauw aangepast aan de aanwezigheid van de buurvrouw, om hem te ontlopen, maar Van Keulen kwam op dinsdag- en donderdagmiddag zonder schroom hun tuin in, gewoon om een praatje te maken, waar zij vreselijk nerveus van werd.

Het was op een donderdagmiddag tegen tweeën, Jet stond de vloer te vegen, toen hij vroeg of ze even mee kon komen. Hij had een probleempje in de keuken waar zij hem vast bij kon helpen – een man had nu eenmaal weinig verstand van kokkerellen. Zijn vrouw zorgde altijd dat er een maaltijd voor hem klaarstond, maar om de een of andere reden vandaag niet. Jet voelde zich in het nauw gedreven maar wist dat het verstandig was te gehoorzamen. Traag zette ze de bezem tegen de kast, droogde haar handen aan haar witte schort en liet de tuindeur opzettelijk openstaan toen ze naar buiten liep. Binnen enkele seconden bedacht ze zich: ze moest voorkomen dat iemand het huis binnen zou sluipen en Misha zou ontdekken. Ze haastte zich terug, sloot de deur af en liet de sleutel in het zakje van haar schort glijden. Ze volgde Van Keulen naar zijn achtertuin. Even over het gras lopen was niet onprettig, ze leefde normaal gesproken altijd maar op dezelfde paar vierkante meter. Die paar vierkante meter boven de grond waar Misha haar juist om benijdde, daar maakte hij soms zelfs onaardige opmerkingen over. Maar het was niet anders. Ze moesten deze tijd door zien te komen, zei ze dan nuchter.

Jet begreep eerst niet waarom Van Keulen haar zo vriendelijk behandelde. Tijdens de korte wandeling door de tuinen naar zijn huis vertelde hij dat de oorlog nu echt serieuze vormen aannam, er zouden nieuwe wetten in het land gaan gelden. Jet deed haar uiterste best te glimlachen. 'Het land wordt opgeruimd,' voegde hij eraan toe.

'Opgeruimd?'

'De Joden,' zei hij.

Jet meed zijn kalme blik, ze keek liever om zich heen.

Via de openslaande tuindeuren waren ze in de woonkamer terechtgekomen. Ze kon het niet laten om naar de muren te kijken, de schilderijen hingen dicht op elkaar.

'Hou je van het strand?' vroeg hij vriendelijk terwijl hij half lachend naar de geschilderde spelende meisjes in het zand keek.

Zijn sympathieke toon verwarde Jet, ze wist niet wat ze moest zeggen. Hij liep door en ging haar voor naar de keuken, daar wees hij op de tas boodschappen op het aanrecht. Hij hield erg van kunst, zei hij terwijl hij dichterbij kwam, waardoor ze zich met een paar stappen achteruit al tegen het aanrecht drukte.

'"Dankzij kunst sterven we niet aan de waarheid," weet je wie dat zei?'

Jet schudde haar hoofd, ze wist alleen dat Van Keulen te dichtbij stond. Met tegenzin draaide ze zich om en begon de tas langzaam uit te pakken. Ze voelde hoe hij vlak achter haar kwam staan.

'Waarom is zo'n beeldschoon meisje alleen maar een dienstmeisje?' fluisterde hij in haar oor.

Jet trilde op haar benen.

'Rustig maar, meisje,' zei hij, terwijl hij met zijn hand haar billen aanraakte.

Ze voelde een schok door haar lichaam gaan. Dit wilde ze niet, zei ze machteloos. Ze dacht aan wat Henk had gezegd, 'een uniform dien je te gehoorzamen' – en toch deed ze een poging om zichzelf te beschermen.

'Rustig maar,' herhaalde hij en liet zijn hand onder haar werkjurkje glijden. 'Ik weet wie je bent en ik zal je niet verraden. Ik heb je lief. Daarom wil ik je bij me hebben.'

Jet liet haar hoofd hangen en keek naar het patroon

op het aanrecht, ze probeerde iets te bedenken om hem af te leiden.

'Vanaf de eerste dag dat ik je zag lopen,' zei hij. 'Je bent zacht, puur, ik wilde je meteen, meteen.' Zijn stem werd zwakker, zijn ademhaling sneller. Terwijl hij haar omdraaide, rukte hij de knoopjes van haar jurkje open en nam haar borsten in zijn handen.

Jet durfde zich niet te verroeren. Zijn mond omsloot haar tepel, ze kneep haar ogen dicht. Hij was geen enkele blik meer waardig.

Toen ze moeizaam lopend terugkeerde naar haar eigen tuin, de tuin van het huis waar ze veilig zou zijn, waar ze juist zo mee had geboft, voelde ze zich draaierig en wanhopig. Ze had zichzelf niet kunnen beschermen, en de enige gedachte waarmee ze zich op dat moment nog kon troosten was dat ze Misha tenminste had behoed. Ze griste de sleutel uit haar schortzakje, ze moest kracht zetten om de tuindeur open te krijgen. In haar gezicht voelde ze de losse lokken die uit haar vlecht waren geraakt.

Ze probeerde zich naar de spiegel in de hal te haasten, ze moest zich fatsoeneren. Het deed zeer tussen haar benen en in haar onderbuik, ze wist niet dat het zo pijnlijk zou zijn. Ze staarde in de spiegel en pakte de borstel met het zilveren handvat die ze van thuis had meegenomen. Traag vlocht ze haar lange haren opnieuw in elkaar, strak naar achteren. Daarna voelde ze met haar rechterwijsvinger aan haar lippen. Ik heb je lief, hoorde ze hem weer zeggen. Ze voelde hem nog tussen haar benen.

Hij had niet veel woorden nodig gehad om haar duidelijk te maken dat hij haar vaker wilde en dat ze in haar positie het beste haar mond kon houden.

Ze wilde zich wassen.

Jet deed het huishouden als tevoren. Ze deed haar best zichzelf te troosten met het idee dat Misha veilig was. Als dit haar lot was dan zou ze vooral doortrappen en vooruit kijken.

Ooit zou het voorbij moeten gaan. Alles ging tenslotte voorbij.

Wel merkte ze dat ze zichzelf meer bezeerde dan voorheen. Ze stootte zich vaker, de ene blauwe plek volgde de andere op, en ze sneed zich, ze liep telkens met pleisters om haar vingers. Ze ergerde zich aan haar eigen onoplettendheid. Ook Misha vroeg of ze er met haar hoofd niet bij was. 'Wel,' antwoordde ze fel.

Pas twee weken na die eerste keer hoorde ze Van Keulen fluitend de tuin inlopen. Ze wilde wegduiken. Alleen het keukenraampje stond overdag nog open, zodat ze hem aan zou horen komen. Zonder enige terughoudendheid klopte hij op de buitendeur van de keuken, terwijl Jet zich verborgen hield in de woonkamer. Kon Henk maar vaker thuis zijn, of eerder uit de drukkerij komen, dacht ze. Toen hij haar naam riep, werd ze bang dat Misha het zou kunnen horen en die gedachte deed haar tevoorschijn komen.

'Goed zo, meisje,' zei Van Keulen op vriendelijke toon toen ze de tuindeur opende. 'Dat duurde wel erg lang.'

Jet voelde de noodzaak om zich te verontschuldigen maar zei niets en keek hem niet aan. Tergend langzaam raakte hij met zijn vingertoppen haar wang aan, en nog bleef ze naar haar voeten staren.

'Ze zijn allemaal de deur uit,' zei hij. Jet reageerde niet. Tijdens de tientallen stappen die ze tussen hun beider huizen zetten, hield hij zijn rechterhand aldoor tegen haar billen aan, een strelend, zogenaamd liefkozend gebaar, waar ze onpasselijk van werd. Ze verzon dat Henk had gezegd vandaag eerder thuis te komen.

'Daar heb ik niets mee te maken.'

Via de achtertuin liepen ze de openstaande deur binnen. De indeling van dit huis was haast identiek aan die van Henk, alleen waren de treden vanaf de tuin geheel versleten, het houtwerk was verrot. Na binnenkomst deed hij de deur op slot.

'Het spijt me, meneer Van Keulen, ik heb geen tijd om hier te zijn.'

'Rustig maar, liefje. Je bent zo nerveus, dat is niet goed voor je. Ik zal je eens laten ontspannen.'

'Dat hoeft niet,' probeerde Jet nog. Machteloos stond ze voor hem, hij liet zijn rechterhand onder haar schort glijden. Hij probeerde zijn vingers tussen haar benen te krijgen, maar ze hield ze zo stevig tegen elkaar dat hij daar niet in slaagde. Met zijn linkerhand trok hij haar aan haar vlecht een stukje opzij, waardoor ze haar benen niet langer gesloten kon houden. 'Goed zo, meisje,' zei hij weer, dit keer vlak bij haar oor, waardoor zijn stem gedempt klonk, terwijl zijn rechterhand zich begon te bewegen tussen haar benen. Zijn lichaam zag ze niet meer, hij stond achter haar, alleen zijn linkerarm omsloot haar romp. Met twee vingers roerde hij onafgebroken tussen haar schaamlippen, ze had steeds meer moeite zich te verzetten, ze kon niet meer ontkomen. Na enkele minuten voelde ze hoe ze langzaam verslapte. 'Goed zo, liefje,' fluisterde hij, 'ik wil dat je je vrij voelt, dat je ervan geniet, bij mij.' Hoe kon zij zich ooit nog vrij voelen na wat hij haar had aangedaan? Maar zijn bewegingen verwarmden haar, ze kon niets anders dan eraan toegeven, ze liet haar hoofd achterover glijden en gaf zich over. Terwijl haar lichaam ongecontroleerd begon te schokken, hoorde ze hem weer in haar oor fluisteren. 'Je bent mijn meisje.'

Ondanks haar gevecht tegen de tintelingen onder in haar buik, kon ze haar lichaam met geen mogelijkheid nog in bedwang houden. Pas toen ze even later tot rust kwam, drong het tot haar door hoe gemeen hij was. Met zijn ene arm had hij haar hele bovenlichaam onder controle, twee vingers van zijn andere hand waren genoeg geweest om haar hele lichaam te beheersen.

'We zijn nog niet klaar, liefje,' zei hij, waarna hij haar in een ruk omdraaide, haar jurkje omhoog duwde en zijn eigen broek haast tegelijkertijd open ritste. 'Zo nat wil ik je elke dag.' Met enkele korte stoten vulde hij haar buik.

'Elke dag,' kreunde hij.

Al na enkele weken kreeg Henk de indruk dat Jet trager werkte, vaak afgeleid was en er zorgelijker uitzag. Haar vrolijke inborst en de hoop die ze dag in dag uit koesterde dat er een einde aan de oorlog zou komen, leken verdwenen. Of ze misschien eens een middagje vrij wilde nemen, opperde hij na thuiskomst van de drukkerij. Maar Jet, die de groente stond te wassen, schudde haar hoofd, het was goed zo, bedankt. Hij bleef nog even bij haar staan. Of ze altijd al nagels had gebeten, vroeg hij. 'Altijd,' loog ze.

Henk knikte begripvol. Een opmerking over de pleister om haar wijsvinger slikte hij in.

Jet probeerde geconcentreerd door te werken. Uit schaamte liet ze haar gezicht een tikkeltje opzij hangen. Ze wist niet eens meer wat ze allemaal verborgen moest houden.

's Avonds viel ze doodmoe op haar bed. Ze had zelfs de kracht niet meer om zich uit te kleden. Ze wilde zich wassen, haar tanden poetsen en haar lange haren uitborstelen maar ze voelde zich uitgeput. Haar oogleden vielen toe. Met een schort om zag ze zichzelf op straat lopen, in een enorme menigte. 'Kijk, het dienstmeisje,' hoorde ze een jongen roepen. Ze had geen idee wie die mensen waren. Voor ze het wist liepen er tientallen mannen gearmd achter haar aan, ze vormden een muur waardoor ze geen kant meer op kon, ze werd gedwongen een smal straatje in te lopen.

Ze wilde wegrennen maar het straatje liep dood. Aan het einde van de weg moest ze zich wel omdraaien en keek in honderden gezichten, ze zag overal vieze handen, vuile jassen, de mannen droegen bijna allemaal een pet. 'Laat me erdoor,' gilde ze, wat voor een paar mannen de aanleiding was om haar bij haar schouders en haar billen beet te pakken. 'Ik werk verderop, er wordt op me gewacht,' probeerde ze nog een keer. 'Ja, een dienstmeisje!' riep een van de jongere mannen uit. 'Kom maar op met je diensten!' Het werd een oorverdovend gejoel. Ze duwde zo hard ze kon maar haar armen werden snel omklemd. Ze rook de dranklucht van de mannen vlak bij haar gezicht.

'Wat is er aan de hand?' vroeg Henk.

Jet schrok op.

'Ben je in orde?'

Jet kneep in haar deken. 'Gewoon een beetje bang,' zei ze langzaam.

Misha had de lichte bolling onder haar schort niet gezien, vanwege het schaarse licht in de kelder, maar had het gevoeld. Hij vroeg of ze last had van haar maag. Jet reageerde onverschillig, ze was bang dat hij het zou begrijpen. Zelf waren ze altijd voorzichtig geweest, ze zouden wachten tot ze op een dag 'veilig' waren. Ze draaide haar lichaam weg.

Jet had Van Keulen steeds gesmeekt om haar te beschermen, om dit te voorkomen. 'Ik heb je lief,' antwoordde hij telkens, 'ik zorg dat je niet wordt weggehaald.' Maar dat was niet de bescherming die ze zocht.

De tweede keer dat Misha ernaar vroeg, kon Jet het niet

langer verzwijgen. Misha moest weten wat zich boven de grond afspeelde, hoe Van Keulen haar tot zijn bezit had gemaakt en hoe machteloos ze daar tegenover stond. Tegelijkertijd schaamde ze zich diep, dat haar lichaam er soms aan had toegegeven, dat ze zichzelf niet meer in bedwang kon houden. Hoezeer ze ook haar best deed, ze kon hem niet alleen zien als degene die zich aan haar vergreep. Maar die gedachte zou ze nooit uitspreken.

Zou Henk zich ook afvragen of ze zwanger was? Hij zou zich kwaad maken als hij dacht dat ze onvoorzichtig waren geweest, dat ze het risico hadden gelopen om hun veiligheid in gevaar te brengen. De waarheid zou de enige juiste verklaring zijn, wist Jet.

Als Van Keulen had geweten dat ze haar geliefde verborgen hield, had hij Misha allang aangegeven. Ze was ervan overtuigd dat Van Keulen dacht dat ze geen man in haar leven had. Ze merkte hoe hij steeds meer naar haar verlangde. En de lieve woorden die hij tegen haar sprak, verwarden haar. Hij vertelde steeds vaker over kunst, hij kon lang uitweiden over een bepaald schilderij dat hij niet eens in huis had, of een beeld waarvan hij onder de indruk was. Als ze vroeg of ze zo'n kunstwerk mocht zien, zei hij dat hij de doeken nooit mee naar huis nam, er alleen maar iets over moest noteren. Hij hield een overzicht bij van waardes en adressen, maar verder had hij er niets mee te maken, zei hij. Hoe langer hij met haar sprak, hoe meer haast hij daarna had haar te nemen. Maar nooit liet hij de kans voorbij gaan om haar liefdevol in zijn armen te sluiten.

Jet wilde niets te maken hebben met haar groeiende buik, ze had een hekel aan haar lichaam, aan het leven dat ze daar voelde, aan de gedachte aan hoe het was ontstaan. Ze walgde van zichzelf. Van alles wat er ook maar iets mee te maken had.

Ze vertelde het eerst aan Misha, die totaal verbijsterd was. Hoe was het mogelijk dat ze dat niet eerder had verteld? Hij had al geen leven meer, en nu dit, wat dacht ze eigenlijk wel?

Ze probeerde hem te sussen. Ze waren hier samen om hier sámen levend uit te komen, dat was het enige doel dat ze voor ogen had. 'Als je niet hier bij me was geweest, had ik het niet overleefd,' zei ze.

Zijn woede hield aan maar hij deed zijn best om te begrijpen wat er in godsnaam allemaal was gebeurd. Toen Jet in tranen uitbarstte, nam hij haar hoofd tussen zijn handen. 'Mijn liefje,' fluisterde hij. Ondanks het schaarse licht kon Jet in zijn ogen zien hoe het hem verscheurde. 'Dat die vuilak...' zei hij verslagen. Ze had het hem meteen moeten vertellen, ze mocht zich niet op die manier opofferen, en zeker niet voor hem. Hij zou weg willen gaan, vertrekken, Henk om een andere plek vragen, bij kennissen of familie, maar dit, dit kon hij niet toestaan, zij mocht zich niet laten misbruiken.

Ze sloeg met haar gebalde vuisten tegen zijn borst. 'Nooit mag je bij me weg, nooit!' Ze besloot dat ze ook dit zou overleven, ze zou de maanden uitdragen en dan afscheid nemen. Ze liet haar hoofd tegen zijn borst rusten en liet haar tranen de vrije loop.

Ze miste haar moeder.

Door zich op Misha's lichaamsgeur te concentreren kwam ze tot rust. Ze durfde uit te spreken waar ze aan dacht: het kind nu doden of anders onmiddellijk na de geboorte. Niemand hoefde te weten dat ze een kind had gebaard, ze kwam toch nooit op straat. Dan was het over en uit, niets meer dan een nare droom in een nachtmerrie.

Misha stond erop dat ze het met Henk zou bespreken, het liefst met z'n drieën, maar Henk kwam nooit in de kelderkamer.

Ze zocht het goede moment. Op doordeweekse avonden kwam Henk vaak laat thuis. Tijdens zijn avondmaal leek haar niet geschikt. Het ontbijt evenmin, als hij aan de keukentafel zat voor hij naar zijn werk moest, gunde ze hem zijn ochtendrust. Misschien als hij gegeten had, in de avond, en een glas voor zichzelf inschonk in de woonkamer?

Tot Misha's ergernis liet ze er nog drie dagen overheen gaan.

Pas in de loop van de avond, toen Henk na het eten rustig in de woonkamer een krant zat te lezen, vroeg ze of hij even tijd voor haar had. Jet vermoedde dat Henk haar voorstel om het kind weg te laten halen niet zou accepteren. Hij kwam van religieuze huize. En eigenlijk was het daar ook al te laat voor, vreesde ze, ze was al langer zwanger dan ze zei.

'Pardon,' zei ze nerveus. Ongemakkelijk draaide ze haar lange vlecht heen en weer. Tini keek haar vanaf haar plek aan de muur bemoedigend aan. 'Ik wil graag iets met u bespreken,' zei ze voorzichtig.

Hij wees naar de stoel tegenover de groene bank waarop hij zijn krant neerlegde.

'Ik blijf wel staan,' zei ze. Daar zaten altijd alleen gasten, vrienden. Een enkele keer kwam er iemand 's avonds bij Henk langs, dan bleef Jet in haar kamer tot de volgende ochtend en ruimde dan hun glazen op. Hij herhaalde zijn uitnodigende gebaar. Met rechte rug nam ze plaats op het uiteinde van de stoel. Ze droeg nog steeds haar werkschort, dat hield ze bewust aan.

'De buurman,' zei Jet. 'Meneer Van Keulen.'

Henk knikte.

'Hij heeft me al vaak lastiggevallen.'

'Wat vreselijk. Komt hij dan hier? Bij ons thuis?'

Jet schudde haar hoofd. 'Hij haalt me op.'

Henk zuchtte diep. 'Wat kunnen we doen? Zonder hem tegen ons in het harnas te jagen? Hij zit hoog bij die lui, hij hoeft maar met zijn vingers te knippen en jullie worden hier weggehaald.'

'Ik weet het,' haastte Jet zich te zeggen, 'maar het is nogal uit de hand gelopen.'

Ze bracht haar kin naar haar borst en wreef langzaam over haar buik zonder naar Henk op te kijken.

'Nee toch hè?'

Jet knikte en keek hem aan. 'Het spijt me vreselijk.'

Henk sprong op, ijsbeerde voor de bank langs en vloekte binnensmonds. Hij vroeg of ze het zeker wist.

Jet knikte.

'Dat het van hém is,' benadrukte Henk, alsof zijn vraag niet duidelijk was. Jet knikte opnieuw.

'Godallemachtig,' zei Henk meerdere malen. 'Is hij ervan op de hoogte?'

Jet trok een vertwijfeld gezicht, ze ging ervan uit dat hij het had gezien zonder er iets over te zeggen. Ze hield haar handen op haar buik en werd misselijk van zichzelf.

'Weet hij wie je bent, wie je écht bent?'

'Ja, dat weet hij,' zei ze. Daarna liet ze haar handen langs haar lichaam hangen. 'En ondanks dat hij het weet, vertelde hij me over de nieuwe afvoersystemen die zijn ontwikkeld in Duitsland, hoe grandioos ze zijn.'

'Hoe vaak heeft hij het met je gedaan?'

'Wekelijks,' antwoordde ze, nagelbijtend.

Henk bleef stilstaan bij het raam. 'Verschrikkelijk,' zei hij somber. Hij wreef met zijn hand over zijn mond, een paar keer heen en weer. 'Ik kan niet met hem gaan praten, Jet, die confrontatie is te gevaarlijk. Als hij zich bedreigd of betrapt voelt, zal hij je aangeven.' Henk zuchtte. 'Ik weet niet of we dat moeten riskeren.'

We, zei hij.

Een rustige week ging voorbij, Jet werkte en bezocht Misha. Ze was vermoeid, tegen de avond zelfs uitgeput. Haar lichaam liet haar in de steek. Haar geest daarentegen was vastbesloten er niet aan ten onder te gaan, ze zou met dit nieuwe gegeven leven. Maar het moeilijkste was haar woede, een continue boosheid die door haar lichaam stroomde. Alsof ze moest slaan, vernietigen, alles kapot moest maken wat haar in de weg zat. Ze kon niet anders dan dat negeren, ze deed haar best om zich niet door haar sombere situatie te laten beheersen. Steeds had ze verlangd dat ze haar ouders weer gauw zou zien, maar de laatste weken hoopte ze dat dat er voorlopig niet van zou komen.

Henk had duidelijk gemaakt dat hij haar probleem ook als zíjn probleem beschouwde. Hij had er over nagedacht, zei hij, en wilde er nog een keer rustig met haar over praten. Ze zouden wel een weg vinden. 'Wil je het houden?' vroeg hij ineens.

Jet schudde haar hoofd. 'Ik wil er zo gauw mogelijk vanaf.' Maar Henk bleef geduldig en herhaalde zijn vraag, met klem, of ze zeker wist dat ze het kind niet wilde hebben. Ze twijfelde niet. 'Goed,' vond Henk, 'dan moet je het met Van Keulen bespreken.'

Ze zei meteen dat ze daar niet toe in staat was. Over drie maanden zouden ze wel zien wat het beste was. 'Nee, Jet, we wachten het niet af, we moeten een oplossing zoeken. Het kind afgeven aan de ondergrondse.'

Weggeven leek Jet een prima idee. Ze zou willen dat ze het nu al uit haar konden trekken.

Op een koude maar zonnige donderdagochtend had Jet besloten dat het vandaag moest gebeuren. Mevrouw Van Keulen en haar kinderen zouden in de middag op stap gaan.

Jet wachtte tot ze ze zag vertrekken. Om halftwee trok ze haar schort zo glad mogelijk en begaf zich naar de buren. Onderweg duwde ze nog een paar losse haren achter haar oor en kuchte twee keer. Ze stond voor een voordeur met een ruit bovenin waar ze niet doorheen kon kijken, er zat een tralietje voor. Ze belde aan.

Van Keulen deed open, verbaasd, hij had niemand verwacht. Hij liet haar binnen en keek nog snel langs haar heen of iemand hem had zien opendoen. 'Wat is er aan de hand?'

Voor het eerst in al die tijd was ze gewoon door de voordeur binnengekomen. Ze gooide haar lange haren los. Ze trok haar overjas uit. Hij zag haar strakke kleding, staarde naar haar gespannen blouse. Afwachtend stond hij voor haar, en Henk had gelijk, hij stuurde haar niet weg.

Ineens voelde ze zich verbonden met deze man. Nooit eerder had ze zo gewoon tegenover hem gestaan, en dit nog wel in de hal van zijn huis. Ze voelde zich anders, ze stond rechtop en was niet bang. Hij leek overdonderd door haar plotselinge bezoek, hij wilde weten wat ze kwam doen. Ze zag zijn laarzen in de hal staan en merkte hoe hij zijn ogen niet van haar af kon houden. Ze voelde dat hij haar wilde aanraken maar zich inhield. Zijn gewone schoenen maken hem vriendelijker, dacht Jet. Ze wilde met de deur in huis vallen, maar wist nu niet meer hoe ze het moest verwoorden. Hij vroeg, nu wat zachter, wat er was. Ze glimlachte voorzichtig en hield met beide handen haar kleine buik vast. Hij knikte, alsof hij begreep waar ze op doelde, ze had zelfs nog niets gezegd. Het bleef stil. Ineens drong het tot haar door dat ze elkaar goed kenden.

'Voel je je goed?' vroeg hij.

Terwijl ze naar zijn handen keek, die ze zo vaak om haar borsten had gevoeld, knikte ze. 'Dat is het probleem niet,' zei ze stellig. 'Ik kan geen kind hebben.'

Van Keulen knikte. Hij zweeg.

'Je hoeft niet bang te zijn dat je kind je verraadt, ik zorg ervoor dat je niet wordt opgepakt.'

Ze schudde haar hoofd. 'U begrijpt me verkeerd. Ik wil dit kind niet. Ik moet er vanaf.'

Hij kwam dichterbij. 'Mijn kind wordt niet gedood, hoor je dat?'

Voor het eerst in al die maanden leek ze ongevoelig voor zijn macht, ze had niets te vrezen, dieper kon ze niet zinken. Hij mocht haar verkrachten zo vaak hij wilde, maar zij zou zijn kind niet houden.

Met zijn hand nam hij haar kin vast en zei haar te gehoorzamen. Hij had verdomme niet voor niets zoveel aandacht aan haar besteed, hij hield van haar, hoe schandalig ook, om van een jodin te houden. Ze verroerde zich niet.

'Al is er hier niet genoeg te eten, dat kind komt bij mij.'

Jet kon het niet laten hem spottend aan te kijken. Een NSB'er gaat een Joods kind grootbrengen? De wonderen zijn de wereld nog niet uit. Van de zenuwen begon ze te lachen.

'Heb je me gehoord?' vroeg Van Keulen met klem.

Jet reageerde niet.

'Je baart het kind. Mijn vrouw gaat ervoor zorgen.

Niemand weet dat het van jou is. We maken nu duidelijke afspraken. Ook dat kind zal nooit weten wie zijn moeder is. Verder verandert er niets. Ik blijf je zien. Ik moet je zien.'

Jet reageerde nog steeds niet, al keek hij haar afwachtend aan. Deze spanning had ze nog niet eerder gevoeld. Ze knikte terwijl ze besloot lucifers klaar te leggen naast haar bed. Wat ze zou doen na de geboorte van haar kind was haar beslissing, en van niemand anders.

'Ik heb je gezegd dat ik je bescherm.' Hij kuste haar op haar lippen, juist dat wat ze zo vreselijk vond. 'Heb je me gehoord?'

Had ze zijn verkrachtingen soms als liefdesverklaringen moeten interpreteren? Heel even kreeg ze het krankzinnige gevoel dat hij werkelijk van haar hield.

Het zonlicht was in geen velden of wegen meer te bekennen. Jet haastte zich terug naar huis maar rende niet, uit angst om te vallen. Zonder iets te zien, hoorde ze het geluid van wielen zonder banden. Pas een paar meter verder zag ze twee jongens voorbij fietsen.

Van Keulen was gestoorder dan ze ooit had gedacht. Henk zou haar niet geloven. Terwijl ze haar jas opvouwde, dacht ze aan haar ouders. Ze hoopte dat ze nooit te weten zouden komen wat zich hier afspeelde, net als het kind nooit zou weten waar het vandaan kwam, hoe liefdeloos het gemaakt was en hoe het op deze wereld terecht was gekomen. Haar ouders zouden niet weten dat ze grootouders waren geworden, geweest, ze zouden

Jet terugzien en dan zou zij zeggen dat ze met Misha wilde trouwen, omdat hij, alleen hij, degene is bij wie ze zich veilig voelt, degene die haar rust geeft. Ze zou ze overtuigen, ze zouden inzien dat het niet zo vreselijk is om van een vluchteling te houden. Misschien is het daar goed voor geweest, dacht ze, helpt de oorlog ons inzien dat het allemaal niet uitmaakt. En dan zou hij kunnen werken in een van de winkels die haar vader verhuurt, dan hoefde hij niet langer met koffers te sjouwen op het station. Ze zou het meteen bespreken, meteen met haar vader naar een oplossing zoeken.

Ze liep het trappetje af en opende voorzichtig zijn kamerdeur. Misha lag op bed. Ze ging naast hem liggen en kroop dicht tegen hem aan om zich aan zijn lichaam op te warmen. 'Kom maar, liefje,' zei hij. Ze klemde zijn armen om zich heen. 'Wat is er gebeurd?' Ze sloot haar ogen en liet haar tranen de vrije loop.

Misha was minstens zo verrast door Van Keulens plan als Jet. Hij was ervan onder de indruk, had niet gedacht dat het ego van de buurman zo groot was dat zelfs de vrucht van zijn aanrandingen de moeite waard was om tot zich te nemen. Het is goed zo, troostte hij Jet, zo krijgt het kind een leven zonder dat jij er last van hebt. Ze twijfelde en zei dat ze het net zo lief zou vermoorden, maar Misha schudde zijn hoofd. Misschien had hij gelijk. Misschien zou die daad nooit moeten worden uitgevoerd nu Van Keulen zijn betrokkenheid vandaag zonder blikken of blozen had getoond en zijn verantwoordelijkheid had genomen. Zijn vrouw zou gehoorzamen, zij was minstens zo onderdanig als Jet. Toch bleef Jet hopen dat het kind niet levend ter wereld zou komen. Ze dacht terug aan een vriendin van haar moeder in Groningen, bij wie de bevalling mis was gegaan. Als dat Jet overkwam, zou ze zich niet schuldig hoeven te voelen en het kind niet in dat gezin hoeven te laten opgroeien. Aan de andere kant had Van Keulen haar zo anders benaderd dan voorheen, ze kon haast niet geloven hoe hij zich had opgesteld. Zonder laarzen.

Anders dan ze had gehoopt ging bij het baren niets mis, al deed ze het in haar eentje – Henk had haar kunnen bijstaan, maar ze wilde hem alleen om hulp vragen als het echt nodig bleek te zijn. Uitgeput maar met een gevoel van onverslaanbaarheid hield ze het kind vast, ze wist wat haar te doen stond. Met een vermoeide hand haalde ze de lucifers tevoorschijn.

Eerst droogde ze het jongetje af. Daarna hield ze hem rustig in haar linkerarm, terwijl ze het doosje in haar andere hand hield. Er zaten nog maar drie lucifers in. Ze had het nieuwe doosje voor het gasfornuis nog niet aan Henk durven te vragen, hij moest vooral niet weten wat ze van plan was. De eerste brak meteen doormidden. Ze voelde de spanning in haar armen maar wilde het kind niet neerleggen.

De tweede lucifer brandde.

Zonder enige twijfel bracht Jet de lucifer naar het gedroogde rechtervoetje en hield de vlam een paar tellen bij zijn voetzool, vlak onder zijn hiel. Het kind begon vreselijk te huilen, maar het kon nog geen oorverdovend lawaai maken. Zijn eerste geluiden klonken zacht.

Jet doofde de vlam en hield het voetje in haar handpalm. Ze voelde het verschrompelde huidje. Ze drukte het jongetje tegen haar borst, terwijl ze haar lichaam langzaam heen en weer bewoog. Hoe kon ze hem ooit dood wensen?

Ze hield hem stevig tegen zich aan.

Ze zakte ineen. 'Ik hou je alleen maar even vast,' troostte ze hem. 'Even,' herhaalde ze, hem wiegend. 'Voor altijd.'

Henk was uiteindelijk degene die, op een afgesproken tijdstip diep in de nacht, het pasgeboren kind aan de buren zou overhandigen. Hij had Jet verslagen achtergelaten in haar kamertje, het kind in een deken gewikkeld en zijn donkere haar met theedoeken bedekt. Even schoot de gedachte door zijn hoofd om hem zelf in huis te houden.

Van Keulen had gegarandeerd voeding te regelen, maar Jet had er geen vertrouwen in. Zelf lengde ze de melk al maanden met water aan. Toch hadden ze besloten dat ze op zijn woord en zijn netwerk binnen het NSB-milieu moesten vertrouwen, wie weet waar hij melk vandaan zou halen.

Mevrouw Van Keulen stond naast haar echtgenoot met haar armen over elkaar te wachten. Ze wierp Henk niet meer dan een knikje toe. Ze deed geen poging het pakketje van hem over te nemen maar maande de twee mannen alleen maar tot stilte, de andere kinderen mochten vooral niet gewekt worden.

Nadat Henk de theedoeken had verwijderd, bracht hij het kind dichter bij mevrouw Van Keulen, die het niet kon laten glimlachend naar het baby'tje te kijken. 'Wat een plaatje,' zei ze, alsof ze op dat moment pas besloot om voor het kind te zorgen. Haar man had verteld dat het kind van een collega kwam, iemand hoog in de partij. Mevrouw Van Keulen had zich verzet: ze had geen hulp in de huishouding, ze kwam handen tekort, en dan nog een kind erbij? Maar Van Keulen had haar moederhart gevleid en gevraagd of hij op haar kon rekenen. Ze had altijd al een zoon willen hebben en er uiteindelijk mee ingestemd. In deze sombere tijd zou een pasgeboren kindje misschien wat vreugde kunnen brengen, besloot ze. Van Keulen beloofde dat hij zijn best ging doen om alles in goede banen te leiden en hij overtuigde haar dat zijn collega nooit langs zou komen om zijn kind te bezoeken. Het kind zou deel uitmaken van haar gezin.

Jet had het niet aangedurfd het kind een Joodse naam te geven. Ze koos voor de naam van haar lievelingsneefje, die ze al die tijd al had moeten missen, van wie ze niet eens wist waar hij terecht was gekomen, of hij een onderduikadres had gekregen of dat hij met zijn ouders was meegegaan. Ze verheugde zich op de dag dat ze hem weer terug zou zien, dat ze elkaar weer in de ogen konden kijken terwijl ze elkaar grapjes vertelden, Otto lachte altijd al voordat hij een mopje had uitverteld. Als ze aan hem dacht, voelde ze hoe haar vingers die van hem raakten onder het zand. Hoeveel zomers hadden ze als kinderen samen doorgebracht aan zee? En maar graven, ze kregen geen genoeg van de tunnels en kasteeltjes in het zand. Het spannendst was altijd dat moment waarop ze elkaars handen bijna hadden gevonden, ze gierden het al uit voor het zover was. Otto had vanaf het begin de plek van een broertje of zusje ingenomen. En dat gold ook andersom.

Van Keulen kon zijn ogen niet van het jongetje afhouden. Hij vroeg hoe hij heette en was verrast met Henks korte antwoord. 'Prachtig,' zei hij, 'prachtig,' en bedankte Henk voor zijn komst. Met lege handen liep Henk terug naar huis en haastte zich naar Jet om te zien hoe het haar verging. Haar kamerdeur stond op een kiertje, hij keek voorzichtig naar binnen. Een licht, treurig gekreun vulde haar kamer. Henk nam zich voor de volgende dag niet naar de drukkerij te gaan. Misha, dacht hij, ik moet Misha naar boven laten komen.

Met zijn voet op de eerste trede van het keldertrappetje bedacht Henk zich – hij mocht hun leven niet op het spel zetten. Alsof het allemaal nog niet link genoeg was. Zijn onderduiker baart het kind van een NSB'er, hij had het wel getroffen. Maar wat als Jet vroeg of Misha naar boven mocht komen?

Hij liep terug naar haar kamer. Ze huilde van de pijn. Of hij binnen mocht komen, vroeg hij voorzichtig. Ze draaide zich naar hem toe, op haar zij. 'Ik heb het zo koud.'

Henk rende naar zijn eigen slaapkamer om een twee-de deken te pakken.

'Hier, dit helpt,' zei hij zacht.

'Het spijt me zo, morgen maak ik alles schoon,' zei ze met vermoeide stem.

'Dat is nu niet belangrijk.' Hij aaide haar kort over haar schouder, nooit eerder had hij haar zo aangeraakt. 'Als je wilt, verwissel ik je lakens,' stelde hij voor. Ze schudde haar hoofd. 'De wereld op z'n kop,' zei ze met een klein glimlachje om haar mond. Met gesloten ogen vroeg ze of Misha het al wist, of hij het hem kon vertel-len, zelf was ze te uitgeput om nog te bewegen. 'Uiter-aard,' zei Henk, 'ik ga meteen naar hem toe.'

Om naar haar kamertje te komen, moest Misha door de woonkamer. Hij had moeite rechtop te lopen, zijn rug te strekken, het leek of zijn wervelkolom daar niet meer toe in staat was. Hij bleef kort stilstaan bij Tini, die hij voor het laatst had zien hangen aan de muur bij Jet thuis. Zij zag wat hij niet kon meemaken. Traag liep hij door, achter Henk aan, die hem gebood op te schie-ten, het was levensgevaarlijk om uit de kelder te komen. Nu hij probeerde normaal te lopen, merkte hij dat zijn lichaam gesloopt was. Bij zijn meisje aangekomen bleef hij stilstaan. Henk besloot ze alleen te laten. 'Dankje-wel,' zei Misha, 'dat je me hebt gehaald.'

Henk klopte op zijn schouder en draaide zich om.

Misha ging aan de rand van haar bed zitten. 'Liefje.'

Jet dacht dat ze droomde. Ze draaide zich voorzichtig naar hem toe en keek hem aan. 'Een jongetje,' fluisterde ze, 'een jongetje.'

'Het is goed zo, liefje,' zei hij, haar wang strelend. Hij stond op om schone kleren voor haar te pakken, terwijl hij vocht tegen zijn pijnlijke rug.

Over het kraantje naast haar kamer had ze hem vaak verteld, hij ging ernaar op zoek. Hij pakte twee handdoeken, besloot dat de blauwe nu beter was en legde de witte op het tafeltje naast haar bed, op een doosje lucifers. Hij zou haar voorzichtig wassen en warm aankleden, de kleur van haar lippen verraadde hoe koud ze het had.

Pas toen ze een uur later, schoon en warm, wegdoezelde in een onrustige slaap, daalde hij weer af. Langs Tini naar zijn hok.

Haar rotgevoel schreef ze de ene dag toe aan haar gezwollen borsten, de andere dag aan de pijn tussen haar benen, waarvan ze zichzelf overtuigde dat het erbij hoorde. Ze had geen idee hoe ze haar opgezette borsten kon afkoelen, waarschijnlijk zou het geleidelijk aan afnemen, haar lichaam zou moeten begrijpen dat er niet gevoed werd. Ze zou kosteloos voor de voeding van het kind kunnen zorgen, maar dat recht had ze niet. Ze had zichzelf alle rechten ontnomen.

De ramen aan de voorkant van het huis werden steeds vaker gelapt; Jet stond elke dag naar buiten te kijken. Pas na een paar weken nam mevrouw Van Keulen haar pas-geboren zoontje mee naar buiten, elke keer maar heel kort. Was ze misschien bang voor vragen? Het kon niet anders dan dat Van Keulen een goed verhaal had bedacht voor nieuwsgierige buren. Daarbij kwam dat ze met haar gezette lichaam best zwanger had kunnen zijn geweest.

Toen mevrouw Van Keulen langs het huis van Henk liep, stapte Jet zonder te aarzelen op haar af. Voorzichtig wierp ze een blik in de kinderwagen, ze herkende Otto nauwelijks. Ze stelde veilige vragen, hoe de nachten ver-liepen en of het kindje goed at. Mevrouw Van Keulen leek de aandacht van het dienstmeisje niet vervelend te vinden. Trots toonde ze haar kersverse kindje, hem strelend over zijn wangetje. Ook later kreeg Jet niet de indruk dat mevrouw Van Keulen het vervelend vond om haar tegen te komen als ze toevallig weer het voorportaal stond te bezemen. Jet leerde haar schema opnieuw uit haar hoofd: in de ochtend liep ze regelmatig buiten, in de middag was ze met haar dochters bezig en was er geen tijd om te wandelen. Jet keek steeds weer in de kin-derwagen en zonder hem aan te raken, voelde ze haar kind. Ze ergerde zich maar ze ontkwam er niet aan. Als ze het kind bekeek, hield ze haar handen op haar rug met haar vingers stevig door elkaar gevlochten.

Mevrouw Van Keulen klaagde niet over de gebrekkige nachtrust, ze was gek op haar jongetje. Jet verwonderde zich over haar toewijding en de manier waarop ze zich over het kind ontfermde. Vroeg ze zich nooit af van wie dat kind was? Wat had Van Keulen haar wijsgemaakt?

Zelf had Jet steeds meer moeite om weer naar binnen te gaan.

Henk had haar vanaf het begin gewaarschuwd, ze moest vooral afstand bewaren. Daarom had ze zich een gebaar eigen gemaakt als ze voelde dat ze te lang bij de kinderwagen bleef hangen. Met haar rechterhand tilde ze haar schort een tikkeltje op en dan zei ze dat ze weer aan het werk moest. Mevrouw Van Keulen begreep dat, zei Jet vriendelijk gedag en vroeg of ze meneer Henk de groeten wilde doen. Jet maakte dan een kleine buiging met haar hoofd, ze moest vooral niet vergeten dat ze een dienstmeid was, en liep snel weer naar binnen. Hij glimlacht en draagt schone kleren, herhaalde ze in stilte tegen zichzelf.

Jet duwde de bezem hard tegen de stenen vloer.

De buren konden haar vanaf de overkant zien, ze moest altijd op haar hoede zijn en gewoon doorwerken. Tussen de middag lustte ze haar boterham niet. Ze bewaarde hem liever voor Misha, die niet genoeg had aan één sneetje.

Als het regende werd er niet gewandeld en lapte Jet de ramen niet, bezemde ze niet bij de voordeur. Maar ook buiten het weer om waren er weken waarin Jet Otto niet zag. Soms was mevrouw Van Keulen later dan verwacht en liep Jet hen 's ochtends mis. En steeds vaker durfde Jet niet naar buiten te gaan nadat ze uniformen in de straat had gezien. Of gewoon de overburen, die haar vaak onaardig bejegenden. Ze konden van niets weten, maar Jet nam geen risico. Tweemaal daags de voordeur schoonmaken zou opvallen. Na die eerste maanden scheen Otto zelf minder zin te hebben in die kinderwagen, en vanaf het moment dat hij kon kruipen, nam mevrouw Van Keulen hem amper nog mee de straat op.

Jet kon de verleiding om via de tuin hun huis in te kijken maar moeilijk weerstaan. Als het gezin buiten was, zocht Jet een strategisch hoekje waarvandaan ze naar de Van Keulens kon kijken. Ze wist dat ze gluurde, maar zolang niemand wist dat ze dat deed, had niemand er last van. Alleen zijzelf.

Dat gevoel was het ergst toen ze het mannetje in het zonlicht had zien slapen op de buik van mevrouw Van Keulen, zijn armpjes op haar zware borsten. Ze had hem gestreeld, alsof het de normaalste zaak van de wereld was. Vanaf die middag had Jet een hekel aan haar buurvrouw.

Toen er onverwachts bezoek kwam, net na etenstijd, zat Henk in de woonkamer. Jet wist dat ze vooral stil op haar kamer moest blijven zitten terwijl Henk naar de deur liep; ze luisterde naar het geluid van zijn trage voetstappen.

Misha zou de deurbel ook horen, dacht Jet. Haar hart klopte in haar keel. Ze wist dat hij zich niet zou verroeren, dat hij altijd op zijn plek bleef. Op die ene keer na, ruim een halfjaar geleden, toen hij haar kwam troosten en wassen. Jet bleef op bed zitten met een boek in haar handen. Ze las geen letter. Ze probeerde zichzelf te kalmeren, het bezoek hoefde niet van betekenis te zijn. Ze dacht aan Otto, ter afleiding. In haar boek bewaarde ze een klein opmaakspiegeltje. Ze oogde grauw, en ondervoed. Van Keulen had het haar ook al gezegd, ze moest beter voor zichzelf zorgen.

'Er is weinig tijd,' had hij vanochtend bij haar in de tuin gefluisterd, terwijl hij haar lippen kuste, met zijn handen stevig om haar billen gevouwen. Ze wist waar hij op doelde, ze zou weer bij hem thuis moeten komen als zijn vrouw wat langer van huis ging. Van Keulen nam minder risico dan voorheen. Hij betastte haar wanneer het hem uitkwam maar kende zijn grenzen. Eén kind was genoeg. Het kostte Jet steeds meer moeite om alles uit elkaar te houden. Bij hem thuis had ze een kans om Otto te zien. Soms maakte het haar niet meer uit waar ze was, alles stemde haar somber. Ze sleepte zich dag in dag uit voort, zonder te weten waarheen. Misschien haalde ze nog het meeste plezier uit de korte gesprekjes met mevrouw Van Keulen, het waren opbeurende minuten en het deed Jet goed om Otto te zien groeien. Ze zocht wel elke dag haar toevlucht bij Misha, wiens geur ze zo graag opsnoof. Op zijn eenzame kamer voelde ze zich veiliger, voor zover ze nog wist wat dat betekende.

De heren waren wijkwachters. Jet hoorde dat Henk ze binnen moest laten. Ze hadden schijnbaar de juiste papieren. Jet kon het niet laten om door een kiertje te gluren naar het ongewenste bezoek. Vriendelijk doch dwingend vroegen ze of ze een kijkje mochten nemen. Ze zag uniformen. Al voordat Henk antwoord had gegeven, tuurden ze de woonkamer in. Het was Tini die meteen hun aandacht trok. 'Wat een schoonheid,' zei een van de wijkwachters. Hoe Henk daaraan kwam, wilden de heren weten. Henk gaf net iets te laat antwoord en begon een rommelig verhaal over een cadeau van de drukkerij. Ze zouden er nog wel op terugkomen, zei een van de heren, terwijl de ander een rondje door het huis maakte. Henk begon over zijn buurman, die hoog zat bij de partij, in de hoop dat ze dit huis niet zo interessant zouden vinden. Dat wisten ze, een kort rondje was dan ook genoeg. Een van hen trof het dienstkamertje aan en klopte netjes op de deur. Jet was met haar boek in haar handen op bed gaan zitten. 'Goedenavond,' zei ze. De wachter was fors en groot en vroeg om haar papieren. Zonder nog te kunnen ademen zei ze 'natuurlijk,' en trok het laatje van haar nachtkastje open. Haar vervalste papieren zagen er normaal uit. Henk had ze ook voor Misha weten te bemachtigen, maar zijn accent zou hem hoe dan ook verraden. De agent keek naar de foto en weer naar Jet. Daarna knikte hij. 'Dag, Jet.'

'Dag, meneer,' antwoordde ze hakkelend, waarna ze met een bonkend hart haar boek weer oppakte. Zou dit de ergste dag van haar leven worden? Nemen ze de keldertrap? Ze begon spontaan in haar hoofd gebeden op te zeggen, voor het eerst in haar bestaan herhaalde ze alle smeekbeden die ze als kind had geleerd. Ze voelde het zweet tussen haar borsten druppelen.

Toen de heren weer in de woonkamer waren, verstomden de voetstappen. Ze stonden stil. Ze begonnen weer over het schilderij. 'Maar dat dienstmeisje mag er

49

ook wel wezen,' zei de agent tegen zijn maat. Dat het toch een raar verhaal was, hoe dit schilderij hier is gekomen, zei de ander. Het was een geschenk via zijn werk, herhaalde Henk, van een klant die intussen was overleden, voegde hij er hulpeloos aan toe. Een van de heren bleef zijn twijfels hebben, zei hij terwijl de ander hun vertrek inluidde.

Enkele momenten later hoorde Jet weer voetstappen, een kort afscheid en de dichtslaande deur. Op trillende benen kwam Henk even later haar kamer binnen. Jet sprong op en keek hem vragend aan.

'Ze zijn de kelder vergeten.'

Jet sprong op van haar bed, riep 'goddank!' en omhelsde hem opgelucht. Henk bleef stokstijf staan en keek haar streng in de ogen. 'Tini moet verhuizen.'

Ze waren het met elkaar eens. De heren zouden ervoor terug kunnen komen. Het doek uitsnijden en oprollen vond Henk geen goed idee: als ze het bij een huiszoeking zouden vinden, werd Henk direct meegenomen. Hij dacht hardop na waar hij met een ondergedoken doek terecht kon. In de kelder zou het doek bij voorbaat niet overleven. Buitenshuis was beter. De kans om het dan terug te krijgen was klein, maar afgeven en niet verlinkt worden, dat was van het grootste belang.

Jet kon het niet uitstaan dat ze dit aan zichzelf te wijten had. Nooit had ze gedacht dat het doek een probleem zou vormen.

'Dat is ze ook niet,' zei Henk, 'ze was juist onze redding.'

Jet knikte. Tini was inderdaad een goede bliksemafleider geweest. Jet glimlachte, Tini zou haar beschermen. Haar moeder had gelijk.

Henk had geen idee waar hij haar moest achterlaten.

'Van Keulen?' vroeg Jet.

'Van Keulen?' Verontwaardigd keek Henk haar aan.

Jet trok haar schouders op. 'Als ik hem mijn kind toevertrouw,' verzuchtte ze. 'En daar valt het niet op, het hangt er vol met schilderijen. Hij is een liefhebber en doet er zelfs iets mee voor de partij.' Dat hij haar borsten had vergeleken met die van een liggend naakt van een van zijn favoriete schilders, liet ze achterwege.

Ze had vertrouwen in de buurvrouw, en in Van Keulen zelf, hoe gek dat ook was. Als hij haar aandacht zocht, deed ze haar best om een glimp van Otto op te vangen. Als hij haar vastnam, zijn handen onder haar blouse liet glijden, wist ze dat ze daarna kon vragen hoe het met het kind ging, het kind dat nooit beter zou weten dan dat mevrouw Van Keulen zijn moeder was. Van Keulen gaf Jet altijd uitgebreid antwoord als ze naar hem vroeg. Sinds de komst van Otto had ze het gevoel dat ze op hem kon rekenen, wat ze nooit hardop zou durven uitspreken.

Ze zou het hem kunnen vragen, ze wist dat haar moeders dierbare bezit daar veilig zou zijn. Of ze Tini ooit terug zou krijgen wist ze niet, maar in elk geval verdween ze dan voorlopig niet volledig uit het zicht.

'Hoe ben je eigenlijk aan dat schilderij gekomen?' vroeg Henk.

Haar vader had het ooit gekregen, zo ging dat vroeger bij hen thuis, legde ze uit. Als huurders de huur niet konden betalen, kwamen ze nogal eens met alternatieven aanzetten. Ze zag haar vader er weer mee thuiskomen, en haar moeder opleven toen ze zag hoe de danseres heette. Jet beloofde dat het doek gauw zou verdwijnen. Ze had Henks schoenen eerder in de gang zien staan dus ze besloot die nog even te poetsen. Hij zei dat het geen haast had, maar ze zocht afleiding. Henk bleef in de woonkamer, terwijl Jet zijn zwarte schoenen meenam naar de keuken. Zuinig, met een minimale hoeveelheid schoenpoets, bleef ze de neuzen maar poetsen, ze maakte steeds dezelfde beweging met haar pols.

Ze dacht aan haar vader, hoe hij met trots ook een hoed droeg uit een van de winkels die hij verhuurde, zoals het een goede huiseigenaar betaamde, zei hij zelf altijd. Wie had hem de danseres gegeven? Waarschijnlijk de huurder van de sigarenhandel in de steeg, dacht Jet, die was het meest van de kunst. Jet herinnerde zich dat haar vader zei dat het dansende meisje drie maanden huurachterstand had gedekt.

Haar vader wilde niemand op straat zetten, laat staan dat hij op lege winkels zat te wachten. Hij nam liever mooie voorwerpen aan; zo had hij heel lang geleden met plezier een kinderfietsje gekregen. Met de driewieler onder zijn arm was hij de schoenenzaak uitgelopen en de Nieuwendijk afgelopen zonder een spier te vertrekken. 'Voor mijn wondertje,' zei hij toen hij thuiskwam. Pas later begreep Jet waarom hij haar een wonder had genoemd, ze was vlak na de oorlog geboren in een uitzichtloze tijd. Hij droeg haar op handen, zolang hij kon. Op dat driewielertje had Jet dag in dag uit gefietst. Tegenover hun bovenhuis op de Nieuwendijk fietste ze in de Gravenstraat, het smalle steegje dat schuin afliep. Omdat haar moeder door het raam aan de voorzijde precies kon zien wat er gebeurde, mocht Jetje daar in haar eentje spelen. Zonder moeite vloog ze naar beneden, daarna trapte ze weer omhoog. In datzelfde steegje leerde ze later echt fietsen. Voor je kijken, riep haar moeder dan. Hou je stuur recht. Doortrappen. Niet achterom kijken. 'Door, door, door!' moedigde ze haar aan vanaf het begin van de steeg. Het hellinkje midden in de steeg was wel eng – wat als ze zou vallen? 'Dan sta je weer op, schat,' antwoordde haar moeder rustig. 'Wat er ook gebeurt, je staat altijd weer op.'

Het leven op het doek en in een boek, noemde haar vader het leven dat mooier was dan de werkelijkheid. 'En zeker nu,' mompelde hij toentertijd vaak tegen haar moeder, die zich amper leek te realiseren dat de wereldeconomie dreigde in te storten.

Haar moeder en Jet zelf droegen vaak een shawltje van bever om hun nek. Ook dat hadden ze van een huurder gekregen, realiseerde Jet zich nu. Haar vader vond het overdreven om zo'n kleintje al met bont te laten rondlopen, maar het was toch warmer dan alle andere stoffen die hij tot nu toe had kunnen bemachtigen. Haar moeder droeg haar shawl ook in huis en draaide aan de sliertjes alsof het nog steeds een dier was dat moest wor-

den geaaid. Tot haar vaders ergernis had Jetje die ge-
woonte al overgenomen, zo zou het beest gauw slijten.
Toen ze als kind eens had gevraagd hoe die beestjes eruit zien, had hij verteld dat bevers de grootste knaagdie-
ren ter wereld zijn. Ze wist toen niet wat een knaagdier
was.

Alles wat hij van de bontwerker meekreeg, vond haar
moeder mooi. Maar die keer dat hij met het dansende
meisje kwam binnen wandelen, maakte hij haar toch
het gelukkigst.

'Wat nu weer?' vroeg ze verbaasd terwijl ze een blik
wierp op het pakket onder zijn arm, in kranten gehuld.
'Er moet toch gewoon brood op de plank?'

Maar haar vader glunderde jongensachtig, zette het
pakket op het houten dressoir en pakte het voorzichtig
uit. Bij het aanschouwen van het doek sloeg haar moeder een hand voor haar mond. 'Wat is ze mooi, in die
jurk, en die ogen... Kijk hoe ze danst, alsof ze niet in de
gaten heeft dat er naar haar wordt gekeken, en die muzikanten om haar heen!'

'Ik wist het!' riep haar vader uit. Ze omhelsden elkaar
en gaven de danseres de mooiste plek in huis. Vanaf
boven het dressoir zou ze alles met haar donkere ogen
bekijken.

Jet herinnerde zich dat ze in eerste instantie was ge-
schrokken van het grote doek, die indringende blik, zou
ze daar 's nachts in haar eentje langs durven te lopen?

Tini had Misha gezien, die keer dat hij stiekem bij
haar was gekomen. Ze poetste door, haar pols begon

zeer te doen. Ze was pas zestien, zeventien misschien, toen ze voor het eerst echt alleen van huis mocht gaan. Bij de laatste stralen van de zonsondergang kwam ze pas weer thuis. Ze had een goede reden om die lentedagen zo lang mogelijk buiten de deur door te brengen. Binnen was Misha niet welkom. Regelmatig had ze haar vader over die buitenlanders gehoord, gevluchte Joden uit Duitsland en Polen die hun taal niet spraken. Ook op de Nieuwendijk had hij ze al zien slenteren, hij had Jet ervoor gewaarschuwd: met dat soort mensen moet je niet in aanraking komen. Tenslotte waren zij Groningers, echte Nederlanders.

Maar Misha had van die mooie ogen, was zo sterk en wachtte haar trouw op, dag in dag uit. Hij stond altijd aan de overkant, zodat hij onmiddellijk naar haar toe kon lopen als hij haar het huis uit zag sluipen. Samen liepen ze naar de Dam, waar ze in de drukte onopgemerkt samen tijd konden doorbrengen. Hij sprak nog amper Nederlands, maar ze hield van de klank van zijn stem. Eerst dacht ze dat ze hem niet goed verstond toen hij vertelde dat hij elke avond soep at die smaakte naar zeep, maar al gauw begreep ze dat het niet aan de taal lag. Met zijn baantje bij het Centraal Station verdiende hij wat losse munten en leerde hij meer Nederlandse woorden. Ze durfde hem niet bij haar thuis mee te laten eten, hoe graag ze ook wilde, maar Misha klaagde niet, nooit. Hij zei dat het maar tijdelijk was, dat hij terug wilde naar Duitsland waar hij studeerde en behoorlijk te eten kreeg van zijn moeder. Zijn ouders hadden hem als enige zoon van hun vijf kinderen het land uitgestuurd, in de hoop dat hij wat zou kunnen verdienen en een veilige toekomst kon opbouwen. Misha vroeg zich af of hij misschien de verkeerde kant op was gevlucht.

Op lange zomeravonden zei Jet dat ze met haar neef op stap ging, daar stemden haar ouders altijd mee in. Otto kon ze vertrouwen, hij zou haar vriendje niet verlinken. Jet had ze al een keer aan elkaar voorgesteld, toen ze met Misha op weg was naar de ijssalon om de hoek van de Dam. Misha trakteerde Jet, ze weet nog heel goed hoe hij zei zelf geen ijs te lusten. Hij had eigenlijk geen geld om er twee te kopen.

Toen ze elkaar al een paar weken regelmatig zagen, vroeg Misha of hij een keer met haar mee naar huis mocht gaan – hij geneerde zich voor zijn eigen gehuurde kamer. Soms, op de Dam, had hij haar lokken voorzichtig opzij geduwd om haar gezicht aan te raken, en ze wilden allebei graag de drukte uit, echt samen zijn, met zijn tweeën. Jet schaamde zich voor de waarheid, dat haar vader niet hield van vluchtelingen, en voor haar lafheid, dat ze thuis niet durfde te vertellen dat ze verliefd was geworden. Dus glimlachte ze verlegen.

Ze had thuis altijd goed begrepen dat het geen zin had om naar de bekende weg te vragen, en de gesprekken tijdens het avondmaal waren duidelijk genoeg. Haar vader mopperde over al die vreemdelingen in de binnenstad, vind je het gek dat de stad verpaupert, klaagde hij. Juist nu we weer proberen op te krabbelen na de crisis, zei hij elke avond. Jet wachtte ongeduldig tot haar moeder haar ouders zou gaan bezoeken in Groningen. Dat deed ze zelden, en als ze ging wilde ze meestal dat Jet meereisde, maar daar zou ze iets op verzinnen. Haar vader was veel op stap, om huren te innen of hij zat in een koffiehuis aan het Rembrandtplein.

Drie lange weken later was het zover. Haar moeder had de reistijden uitgezocht en Jet al dagen van tevoren op de hoogte gebracht van hun vertrek, zodat ze zeker op tijd klaar zou staan. In je reiskleren, had ze benadrukt, ze wenste daar later geen discussie over te hebben.

De ochtend van vertrek had Jet buikpijn. Haar moeder was verbaasd, ze menstrueerde deze week toch niet? Kon ze echt niet mee? Jet had haar hoofd geschud. Maar kon ze dan wel alleen thuis blijven? Haar vader was de straat al op, die kon ze zo gauw niet meer zoeken. Jet stelde haar moeder gerust, het was geen probleem om alleen te blijven, ze was tenslotte geen kind meer, ze had alleen wat last van haar buik. De ochtend verliep precies zoals Jet zich had voorgesteld. Haar moeder vertrok met een klein koffertje. Ze droeg haar lange zwarte jas, grijze handschoenen, en haar grote donkergrijze hoed. Ze liep de Nieuwendijk af richting Centraal Station. Misha zou zijn best doen om tussen de middag naar haar toe te komen. Later op de dag kwam niet uit – ze was veel te bang dat haar vader dan weer thuis zou zijn.

Vanaf elf uur stond Jet in haar mooiste rok in de woonkamer uit het raam te kijken. Ze voelde hoe de ogen van het dansende meisje op haar gericht waren. Zou Misha haar zoenen, haar uitkleden? Haar borsten aanraken? Ze haastte zich voor de zoveelste keer naar de gang om zichzelf in de spiegel te bekijken. Daar haalde ze de borstel met het zilveren handvat nog een keer door haar lange blonde lokken. Gronings haar, noemde haar moeder dat. Misha had gezegd dat ze er helemaal niet Joods uitzag. Ze had geglimlacht, dat kwam door haar voorouders, ze waren al eeuwen in Nederland. We zijn meer Groningers dan Joden, zei haar vader. We zijn alleen maar naar de grote stad gekomen vanwege de panden. Hier gebeurde het, in de grote stad had je zelden leegstand en kon je snel uitbreiden. Alleen de afgelopen jaren vielen tegen.

De wandklok sloeg het volle uur, het was middag geworden, maar Misha was er nog niet. Zou hij zich hebben bedacht? Of was er iets gebeurd? Met moeite kon Jet zich bedwingen om naar buiten te rennen. Ze wilde hem tegemoet lopen, maar in de menigte zou ze hem mis kunnen lopen. Ze keek naar de danseres, die haar leek te waarschuwen voor wat er komen ging, terwijl Jet bleef fantaseren over de eerste keer dat ze nu echt tijd voor elkaar hadden. Het moment waarop ze zich in zijn armen kon laten glijden, haar hoofd op zijn schouder kon leggen en niet hoefde te denken aan de reden van zijn komst naar Nederland. Jet dacht liever aan waar ze naar verlangde, waar ze zijn handen wilde voelen, al hoorde ze haar moeder alweer zeggen dat een dame zich niet laat aanraken door een man met wie ze niet is getrouwd. Net op het moment dat ze de vitrage weer opzij wilde duwen om de Nieuwendijk af te turen, ging de bel. Ze haastte zich naar de hal, wierp een laatste vluchtige blik in de spiegel en rende door het trappenhuis naar de voordeur. Misha stond op de middelste trede te wachten.

Ze vroeg hem voor te gaan op de trap, en bedacht dat haar moeder daarover tevreden kon zijn. Nooit voor een man uit de trap op lopen, hoorde ze haar weer zeggen. Voordat ze naar binnen gingen, vroeg Misha voorzichtig of hij haar vader zou ontmoeten. Ze schudde haar hoofd. Die was nog aan het werk. Ze zag een glinstering in zijn blauwe ogen.

Misha wilde zijn handen graag wassen, ze ging hem voor naar het fonteintje naast het toilet. Daarna nam hij zijn pet af, schudde zijn haar op orde en liep de woonkamer binnen. Ze voelde zijn lichaam dichtbij maar durfde hem niet aan te raken. Hij streelde haar blonde haar, daarna raakte hij met zijn vingertoppen haar wang aan, ze voelde een rilling over haar rug. Jet fantaseerde over zijn handen om haar borsten en kreeg echt buikpijn. Ongemakkelijk bood ze hem iets te drinken aan. Hij wilde niets. Of ze alleen thuis waren, vroeg hij kalm. Jet keek naar de danseres en knikte. Misha vroeg naar haar kamer. Ze ging hem dan toch maar voor in het trappenhuis, naar de bovenste verdieping. Ze probeerde haar buikpijn te vergeten. Haar kamer lag over de gehele lengte van het pand in de nok tussen de houten balken, eigenlijk had ze de hele verdieping voor zichzelf. Misha bleef stilstaan en sloeg een kreet van verbazing.

Ze wees hem op het luikje boven aan de voorgevel,

waar kleine deurtjes de kou tegenhielden. Ze vertelde dat daar nooit ramen hadden gezeten, waardoor het donkerder was dan beneden. Uit zijn vragende blik maakte ze op dat hij het niet helemaal had verstaan. Ze glimlachte en werd stil. Misha kwam dichter bij haar staan, hield zijn handen zacht tegen haar achterhoofd en kuste voorzichtig haar lippen. Ze voelde het diep in haar buik, haar hele lichaam reageerde. Ze wilde zichzelf geven.

Haar rechterpols begon zeer te doen, hoe lang was ze met die poetsdoek in de weer geweest? Verdomme, dacht Jet, ze had allang naar haar kamer moeten gaan.

Met haar ogen speurde ze hun tuin af. Ook in de nazomer speelden de kinderen nog regelmatig buiten. Zijn grote zusjes namen hem mee de boomgaard in. Verwachtingsvol zat Jet gehurkt op de grond, ze had hem nog niet zien lopen. Hij wees naar de hoge appeltjes. Ze zag hoe zijn vader zich naar de kinderen haastte, hem optilde met zijn hand onder zijn billetjes, zijn arm om zijn middel. Hij hield hem stevig vast. Samen plukten ze een appel, Otto trappelde opgewonden met zijn beentjes.

Terug op de grond bracht hij de appel naar zijn mondje. Niet om er een hap uit te nemen. Hij drukte er een kusje op.

Jet boog zich nog meer naar voren, ze raakte haar evenwicht kwijt. Hij hield zijn ene handje onder de appel, de andere in de hand van zijn vader. Op deze hoogte kon ze hem goed bekijken. Otto naast de laarzen van zijn vader.

Het bezoek van de uniformen had Henk benauwd. 'Ik wil er geen tijd meer overheen laten gaan.' Jet begreep dat ze er werk van moest maken. Henk hoorde genoeg verhalen over wat zich eigenlijk allemaal afspeelde in Europa, ook van collega's op de drukkerij, die spraken soms over werkkampen in eigen land. Er gingen geruchten dat daar zelfs vrouwen en kinderen naartoe werden gestuurd, maar wat daar gebeurde was niet duidelijk. Bij werkende mannen kon men zich nog wel wat voorstellen, maar deze geruchten riepen veel vragen op. Of mensen zich daar dan voor aanmelden, vroeg Jet nieuwsgierig. Met een lichte argwaan op zijn gezicht zei hij dat hij er niet genoeg van wist en dat hij er amper over sprak buiten de deur, je kon niemand meer vertrouwen. Ze zag in zijn blik dat hij iets achterhield, alsof hij zijn nare vermoedens niet met haar wilde delen. Maar dat ze vooral geen onnodig risico moesten nemen, zei hij stellig. Opnieuw stemde Jet in. Ze had met hem te doen. Intussen leefden ze al meer dan twee jaar samen. Had hij haar in huis genomen als hij wist dat het zo lang zou duren? Voorheen had hij gewoon een rustig leven gehad.

'We hebben Misha,' zei hij. Het schilderij moest dringend het huis uit.

Ze wachtte tot Van Keulen zelf langs kwam. Henk werd ongeduldiger, er waren weer enkele dagen voorbij, maar Jet overtuigde hem, Van Keulen zou binnen de kortste keren weer op het keukenraam tikken. Niet vaak had ze gehoopt dat hij eerder kwam dan hij deed, maar ze werd steeds nerveuzer van Henk die elke dag vroeg waarom het schilderij nog niet weg was.

Bij het eerste geklop haastte ze zich uit de woonkamer naar de keuken, opende de tuindeur en vroeg of ze iets met hem kon bespreken. Hij leunde schuin tegen de deurpost met zijn armen over elkaar. Wellicht was hij van alles van plan waar zij zich op dat moment niet bewust van was, maar ze moest iets van hem gedaan krijgen dus stak ze van wal. Hij lachte hartelijk toen ze van de inval vertelde. Ineens begon hij haar te kussen. 'Je bent zo vreselijk mooi,' zei hij en hield haar vast. Hij drukte haar voorzichtig tegen zijn borst, ze had nog niets kunnen vragen. Met een kleine glimlach probeerde ze duidelijk te maken dat ze nog verder wilde praten. Hij keek haar aan en luisterde. Ze hoefde niet in detail te treden, Van Keulen knikte meerdere malen, uit begrip. Hij wilde de danseres dan wel even zien. Jet nam hem mee naar de woonkamer, zo kort mogelijk, ze wist dat ze hem eigenlijk niet in huis moest laten. Hij bekeek de danseres en dacht na. 'Typisch Degas. Ze is prachtig, die jurk en die muzikanten, fenomenaal.'

Jet keek hem aan maar hij zag haar even niet. Het leek hem verstandig als hij het doek nu zou meenemen, om vragen van zijn vrouw te voorkomen. 'Ik zal zeggen dat ik er eentje mocht houden.' Hij zou het dan eerst een tijdje in zijn werkkamer zetten en later in de woonkamer ophangen. Jet wilde nog van alles zeggen maar daar was geen ruimte voor. Van Keulen bedekte haar lippen en nam haar handen vast. Hij kuste haar stevig. Ze verzette zich niet.

Plots trok hij zich terug en zei dat hij haast had.

Voorzichtig haalden ze het schilderij van de muur. Ze wist dat ze hem nu zo snel mogelijk weg moest werken. Stel dat Misha moest hoesten.

'Schitterend,' zei hij, met beide handen om de lijst. 'Voor haar geldt hetzelfde als voor jou,' zei Van Keulen, 'bij mij is ze veilig.' Beheerst liep hij het huis uit, via de keukendeur de tuin in. Hij keek niet meer achterom. Jet zag hem weglopen en kreeg het benauwd. Wat was veilig? Voor het eerst had ze het gevoel dat Van Keulen niet naar haar verlangde. Terwijl ze hem nakeek, dacht Jet aan haar moeder, of ze tevreden zou zijn met Tini's verhuizing.

Aan het eind van haar werkdag rende Jet het trappetje af. Misha had geen licht aan. Hij was in slaap gevallen. Ze moest haar ogen aan de duisternis laten wennen. Ze hield zich vast aan de kale wand van zijn kamer en voelde zich verward, het was allemaal zo vreemd: haar kind leefde bij de man die haar had misbruikt, met wie ze intussen een onverklaarbare relatie had opgebouwd, zelfs een van vertrouwen, en nu had ze dan ook nog eens haar moeders dierbare bezit aan hem gegeven. Was ze gek geworden? Had de onderduik haar gek gemaakt? Misha stak zijn leeslampje aan. Ze vertelde hem dat Tini was opgehaald, dat ze veilig was bij Van Keulen. Er hing ineens een onbehaaglijke stilte tussen hen. Misha zocht naar woorden, hij deed altijd zijn best om de juiste woorden te vinden. Dat hij er begrip voor kon opbrengen, zei hij. Hij probeerde steeds weer op zoek te gaan naar de balans, om het ondraaglijke draaglijk te maken.

'Je zegt me altijd dat hij goed voor Otto zorgt,' zei Misha, 'dat hij zelfs bij een boerderij melk en eieren haalt voor het kind.'

Jet knikte.

'Dan zal dit ook geen probleem zijn.'

Ze knikte opnieuw, en stelde zich ineens voor hoe Van Keulen de boerin wekelijks dwong hem melk en eieren af te staan. Zou hij haar ook liefkozen? Strelen? Misha vroeg waar ze aan dacht.

'Aan Otto,' zei ze.

Op zijn matras liet ze haar hoofd op zijn schouder rusten. Ze had het koud. De nachten waren hier erbarmelijk, ze had van Henk al gauw meer dekens voor Misha gekregen, maar dat hielp niet genoeg.

Terwijl Misha haar liefdevol in zijn armen sloot en haar kalm over haar rug aaide, zag ze allerlei beelden door elkaar flitsen. Hij had haar al meerdere keren gevraagd of ze wel genoeg at. Ze ging er niet echt op in. Er was nou eenmaal een tekort aan voedsel en ze hield niet van linzen, terwijl dat soms dagenlang hun avondmaal was. Groente werd almaar duurder waardoor Henk daar amper nog mee thuis kwam. Zelfs op de zwarte markt slaagde hij er haast niet meer in om meer voedsel te krijgen. Misha mocht niet weten dat ze haar portie 's avonds meestal aan hem gaf. Tenzij ze echte eieren in huis hadden, die at ze graag, maar de laatste tijd moesten ze het met eipoeder doen. Hij bleef over haar rug wrijven en ze voelde hoe haar ademhaling rustiger werd. Eindelijk kon ze weer zijn lichaamsgeur opsnuiven, ze sloot haar ogen. Ze bleef zich tegen hem aandrukken, alsof het nooit meer voorbij mocht gaan.

'Hij kan al lopen,' zei ze na een poosje.

Misha zweeg. Dat ze het toevallig had gezien, voegde ze eraan toe. Ze wilde niet dat Misha zou voelen hoe ze van het kind was gaan houden. Alsof hun situatie nog niet moeilijk genoeg was. Misha bleef zwijgen. Onder zijn handen bibberde haar bovenlichaam.

Het moest nog winter worden, maar Jet verging nu al van de kou. Ze kwam iets overeind en keek hem in de ogen. Met zijn vingers droogde hij haar tranen.

'Het is goed zo,' fluisterde hij.

Ze wendde haar blik van hem af en draaide een kwartslag op zijn matras, waardoor ze alleen nog met haar benen tegen hem aan zat. Ze keek peinzend voor zich uit.

Dat ze best even rustig kon gaan liggen, opperde Misha. Ze was bang in slaap te vallen, tegen de huisregels in, maar kroop toch tegen hem aan. Ze hield van zijn streling, ze voelde zijn vingers langs haar hals gaan, over haar rug tot in de diepte van haar zij.

Hij zei dat hij in zijn leven nog nooit zo gek was geweest op een meisje.

Jet glimlachte met haar ogen dicht.

Zo is het nou eenmaal, fluisterde hij, het is een van de weinige dingen die ik nog zeker weet. Hij vertelde dat veel herinneringen waren vervaagd, alles langzamerhand dezelfde kleur had gekregen, alle stemmen dezelfde klank, dat hij zelfs die van zijn zusjes niet meer uit elkaar kon houden.

'Weet je nog hoe je eerste vriendinnetje eruitzag?' vroeg Jet.

Misha lachte, hij had haar er al eens over verteld, toen ze wilde weten wie hij voor het eerst gekust had. Hij sloeg een boek open, hij had duidelijk geen zin om nu over dat meisje uit Duisburg te praten. Jet herinnerde zich dat hij een keer vertelde hoe zijn vader erop had gereageerd. Die Duitsers lusten ons rauw, had hij afkeurend geroepen, daarna was hun relatie vanzelf voorbij gegaan. Of vanzelf, gaan die dingen vanzelf voorbij? Vanzelf voorbij zoals ze vanzelf beginnen? Er was toch altijd een reden, of een aanleiding? Ze zag Misha lezen, steeds zat hij weer te lezen. Dankzij die enorme stapel Russen die Henk hem had bezorgd, klom Misha dagelijks uit zijn kelderkamer, de wijde wereld in van de Petersburgse literatuur.

Ze zei dat ze bang was in slaap te vallen, dat ze naar boven moest.

Hij was het ermee eens, hoewel hij niets liever deed dan haar bij zich houden. Ze kwam overeind en kuste hem.

Enigszins opgelucht betrad Henk zijn woonkamer. Er was een risico weggewerkt, nu maar hopen dat er voorlopig geen huiszoeking kwam. Want waar is die danseres dan gebleven? Hij zou haar hebben verkocht, dat recht had hij, hij had geld nodig. Niet dat je met geld meer voedsel kon krijgen, maar toch zou hij zich beter hebben gevoeld met wat contanten. Ja, dat zou hij zeggen. Tenminste een beter verhaal dan voorheen, dacht hij, tenslotte was het oorlogstijd en had iedereen het moeilijk.

Tot zijn grote genoegen was hij erin geslaagd een spitskool te bemachtigen. Of Jet 'm in kleine reepjes kon snijden, vroeg hij trots.

Het kon Jet niets schelen wat hij vanavond te eten meebracht, ze was vooral opgelucht dat hij laat thuis was gekomen en niet had gemerkt dat ze na het werk twee uur in de kelder was gebleven. Ze ging er meteen mee aan de slag. Ze zag haar moeder de spitskoolbladeren om het gehakt wikkelen, met haar knot in de hoogte, haar geruite schort om haar middel. Wat was het lang geleden, ze wist niet eens meer waar haar moeder was. Waar waren ze terechtgekomen? Henk had al vaak geïnformeerd of zijn broer misschien meer te weten kon komen. Maar ook zijn broer wist niet beter dan dat ze eerst naar een hotel in de buurt waren vertrokken en daarna de stad uit waren gegaan. De huren werden allang niet meer geïnd. Toch hield Henks broer zijn schulden opzij, had hij Henk verteld, zodat hij kon betalen als het moest.

Bij thuiskomst had een van de overburen Henk aan de praat gehouden. Jet legde haar mes gelijk neer. 'Weten ze iets?'

Hij schudde zijn hoofd. 'Ze kennen je allemaal als mijn Groningse dienstmeid, geen zorgen.'

Wel hadden ze het over die huiszoekingen gehad, ook aan de overkant waren ze langs geweest. Maar ik heb niets te verbergen, had de overbuurman gezegd. Henk had die stelling beaamd, en als je niets te verbergen hebt, mogen ze langskomen, dus laat ze maar komen, had hij met luide stem gezegd. Haar hart klopte in haar keel, ze haatte dergelijke verhalen, ze kreeg aandrang om te plassen, maar ze wilde eerst nog zeker weten dat er verder niets was geïnsinueerd.

Henk trok zijn schouders op. 'Ik denk het niet, maar als ik me vergis, merken we het gauw genoeg.'

Zo'n antwoord verdroeg Jet niet. Terwijl ze hem aankeek voelde ze het angstzweet uitbreken. 'Hebben ze ons door?'

Henk sloeg zijn ogen neer, daarna keek hij haar aan met een geruststellende blik die niet gerust stelde. 'We zijn voorzichtig, Jet, meer kunnen we niet doen.'

Ze sneed de spitskool klein, in reepjes.

Hij liep niet alleen, hij rende. Zoals de meeste kinderen was hij dol op buitenspelen. Het stelde haar gerust dat hij zo goed kon rennen, ze had toch altijd haar angst gehad, stel nou dat dat voetje hem zou belemmeren?

Tegenwoordig zag Jet hem weer dagelijks, zonder dat hij het doorhad. Niemand had het door, en niemand had er last van. Ze deed haar werk netjes, niemand had iets te klagen. Soms sprak ze nog met Misha over 'als alles voor-

68

bij is' maar eigenlijk kon ze zich allang geen voorstelling meer maken van dat moment. De tijd was vertraagd geraakt. Haar leven had een wending genomen waar ze zich bij neer had gelegd, ze durfde niet eens meer aan vroeger te denken. Ze leefde hier, woonde hier, en zag hier haar kind opgroeien zonder dat het wist wie ze was.

Van Keulen zorgde voor de nodige afwisseling in haar doodsaaie bestaan binnenshuis. Hij vertelde haar steeds vaker over kunstwerken, had haar zelfs gevraagd om eens te komen kijken. In de woonkamer lichtte hij een dunne doek op en haalde er een papier onderuit. 'Een unieke schets,' zei hij betoverd. 'Ik had nooit eerder een Schiele in handen gehad, morgen breng ik hem terug naar de opslag. Ik zie daar de mooiste dingen, je hebt geen idee.' Hij had Jet niet eens aangeraakt, maar ook als hij haar niet aanraakte, voelde ze zijn aandacht.

Hij bood haar zo af en toe de mogelijkheid om het kind van dichtbij te zien, en Tini niet te vergeten, die haar nog steeds, vanaf de schouw van een NSB'er, beschermde. Ze was vanaf het begin vlak bij haar gebleven en tot nu toe had ze Jet in het oog kunnen houden, ze werd niet verraden. Dat het met haar ouders anders was gelopen durfde ze niet te denken, maar het kon niet goed zijn dat ze al zo lang op geen enkele manier contact met haar hadden gezocht. Als ze in die werkkampen terecht waren gekomen, dan mochten ze blijkbaar niet meer bellen, overtuigde Jet zichzelf. Als ze zouden kunnen, zouden ze haar zoeken. Ze moest geduld hebben. Voor je kijken en doortrappen. Door, door, door.

Ze had haar ouders voor het laatst gesproken voordat Van Keulen haar zwanger had gemaakt.

Gek, dacht Jet, dat ik hem nog steeds Van Keulen noem.

Zijn gedrag was soms onpeilbaar. Al ruim twee dagen was hij druk in de weer met een fototoestel, hij had het Jet laten zien en verteld dat hij het uit Duitsland had gekregen. Hij was apetrots. In zijn enthousiasme leek hij zelfs te vergeten dat Jet geen rechten had. Of ze eens op dat knopje kon drukken, vroeg hij vrolijk toen hij 's middags met Otto aan de hand op hun stoep stond. Ze had al meerdere malen gepoogd Otto die middag te zien, maar op Van Keulens komst naar buiten had ze niet gerekend. Hij deed lief tegen haar terwijl hij haar het kostbare apparaat aanreikte. 'Met dit zonlicht, dat moet een mooie foto worden,' zei hij vol overtuiging. Otto leek niet te begrijpen wat er gebeurde en hield zijn handje in die van zijn vader, terwijl Van Keulen overdreven glimlachend voor Jet ging staan.

'Deze knop?' vroeg ze. Hij knikte en maakte met zijn wijsvinger een drukkend gebaar. Nadat ze een geluid hadden gehoord waarvan Van Keulen zei dat het goed was, vroeg hij of ze dat nog een keer wilde doen, nu tilde hij Otto op. Dat vond Otto al leuker, er verscheen een lachje om zijn mond. Jet probeerde niet te veel na te denken, ze genoot van het moment terwijl ze in haar buik onrust voelde. Waar was mevrouw Van Keulen, wie kon haar zien, mocht ze wel zo lang buiten zijn? Toen ze het toestel voorzichtig teruggaf, zette Van Keulen Otto weer naast zich neer en draaide hij zelf aan het toestel.

Jet bracht haar hoofd iets dichter bij Van Keulen. 'Mag ik misschien ook één keer... met hem?' vroeg ze voorzichtig.

Van Keulen keek haar bedenkelijk aan. 'Gauw dan, ga maar even hier op de stoep zitten.'

Ze vouwde haar vingers om Otto's buikje.

Ze had Misha niet durven te vertellen hoe graag ze naar het andere huis ging. Het ging natuurlijk niet om Van Keulen, zei Jet tegen zichzelf, maar om het kind, en Tini. En om de eieren die Van Keulen soms in huis had, die Henk allang niet meer kon bemachtigen. Als ze erom vroeg, kreeg ze er een paar mee, die ze dan kookte en opat met een beetje zout, soms als enige voedsel van de dag.

Ook durfde ze niet te vertellen hoe ze dagelijks gluurde om te zien hoe het mannetje opgroeide. Ze wilde Misha niet de indruk geven dat ze zich betrokken voelde, daar waren tenslotte duidelijke afspraken over gemaakt toen ze het kind nog in haar buik droeg. Haar buik, die al gauw weer plat en zelfs uitgehold aanvoelde. Ze streelde soms met haar rechterhand over haar onderbuik, onvoorstelbaar dat ze ooit zo zwaar was geweest. Regelmatig droomde ze weg, tijdens het dweilen, en vroeg zich dan af of ze ooit opnieuw een kind zou dragen, of ze dat dan met liefde zou kunnen doen. Ze kon het zich niet voorstellen, net zomin als dat dit ooit voor-

bij zou gaan. En als dat wel het geval was, zou ze dan te-
ruggaan naar Amsterdam? En het kind nooit meer zien?

Otto kende haar amper. Hij zou haar nooit kunnen
zoeken, niet weten dat hij haar zoeken moest. Ja, zij zelf
zou later terug naar Haarlem kunnen gaan, als Joden
ooit weer vrij mochten reizen, weer mochten bestaan.
Dan zou ze daar kunnen aanbellen en hem, als grote
jongen, kunnen vertellen wie ze eigenlijk was. Zou ze
dat doen? Kunnen? Dat was niet de afspraak. Het zou
zijn leven verpesten. Ze dweilde onverstoorbaar verder.

Ook durfde ze Misha niet te vertellen wat ze in de
tuin had gezien, dat Otto door de grote meisjes werd geduwd en dat zijn witte broek vuil was geworden door
het modderige gras. Van Keulen had het zien gebeuren
en had zijn dochters direct naar hun kamer gestuurd,
hij had Otto in zijn armen getroost. Binnen enkele minuten had Jet Otto weer teruggezien in de tuin, ze had
staan wachten, was blijven kijken vanaf de hoek van hun
eigen huis, en ineens kwam hij omgekleed en stralend
aan de hand van zijn vader weer terug de tuin in. Zonder
de meisjes. Waarom ze dat niet aan Misha durfde te vertellen wist ze niet precies, misschien wilde ze het voor
zichzelf houden, koesterde ze het gevoel dat hun kind
stiekem het belangrijkste kind was voor Van Keulen.

Ze kon zich voorstellen dat Otto op een dag zou fietsen, zo groot zou zijn dat hij hard langs haar zou fietsen
zonder te merken dat ze hem stond te bekijken. Jet zag
het fietsje weer voor zich waarmee haar vader ooit thuis
was gekomen.

Maar eigenlijk kon ze die details over Otto best met Misha delen, hij zou haar dat toch niet kwalijk kunnen nemen? Hij was altijd vol begrip geweest, zou hij haar gevoelens voor het kind dan belachelijk vinden? Ze durfde hem zelfs het fotootje niet te laten zien dat ze van Van Keulen had gekregen. Ze wist niet waarom ze dat achterhield, het zei toch niets over haar relatie met Van Keulen? Dat ze het in haar hals soms voelde bonzen als Van Keulen zijn vingers tussen haar benen bewoog, kon ze maar beter voorgoed vergeten. Hij kende haar lichaam, en wist hoe hij haar kon laten ontspannen. Ze kon zich dan met geen mogelijkheid meer verzetten, en ze geneerde zich om het feit dat hij haar lichaam in sommige opzichten beter kende dan wie dan ook. Het was onuitstaanbaar dat hij dat met haar deed, dat hij niet alleen aan zichzelf dacht. Hij maakte het haar steeds moeilijker om hem te verafschuwen. Het was alsof hij steeds meer rekening met haar hield. En daarbij kwam zijn liefdevolle vaderschap, waar Jet zelf regelmatig getuige van was. Was het aannemen van Tini ook een teken van liefde? Jet gaf zichzelf in elk geval steeds minder redenen om hem te haten.

Ze sjouwde een teil met lauw water naar de kelder. Steeds vaker mochten ze geen warm water gebruiken, brandstof moest worden gespaard. Al waren het koude dagen, met warm water wassen zat er voorlopig niet in. Misha had zichzelf aangewend om na het wassen nog wat water van zijn lichaam te vegen met zijn vlakke handen, zodat hij zich sneller kon afdrogen en het minder koud zou hebben. Misha klaagde steeds regelmatiger en gaf haar soms de schuld, zíj had hem hiernaartoe gebracht. Misschien was er een alternatief, opperde hij dan verwijtend. Waarop Jet steevast knikte en venijnig 'de brandstapel' antwoordde. Ze vond het vreselijk, ze had medelijden met zijn bestaan, maar ze had zich voorgenomen daar niet aan toe te geven. Ooit zou het voorbij gaan.

Beneden aangekomen trof ze Misha weer somber aan. 'Laat me maar met rust,' zei hij. Wat ze niet deed, ze wist dat zijn hoop hem in de steek had gelaten.

Ze was zich ervan bewust wat een geluk ze had met haar huidige bestaan, een bovengrondse onderduik met een soort normaal leven, in tegenstelling tot Misha. Nooit hadden ze kunnen denken dat het zo eindeloos lang zou duren. Ze probeerde hem soms te troosten door te beweren dat het vast niet lang meer zou duren, maar met die opmerking maakte ze zichzelf telkens ongeloofwaardiger. Ze hoopte dat zijn somberheid niets te maken had met het andere huis, ze vertelde zo min mogelijk over haar kind en het contact dat ze met Van Keulen had. Ze wilde hem niet ongerust maken. Hij informeerde wel regelmatig naar Otto en de buurman, om te weten of ze veel last van hem had, wat Jet ontkende. Niet omdat Van Keulen haar niet lastig viel, maar omdat ze zich schaamde voor het andere gevoel dat in haar school. Misha had er geen baat bij dat te weten, hij kon zich beter verliezen in zijn romans.

Jet zag de kleine jongen de tuin in rennen. Zoals hij dat de laatste dagen steeds deed, haastte hij zich meteen naar het nestje dat hij met Van Keulen had gebouwd. De moedervogel lag er bewegingloos bij, het kuiken in het komvormige nest maakte lawaai maar kon geen kant op. Het moest een flinke val geweest zijn op het stenen terras van de Van Keulens. Otto was niet bang, integendeel, hij nam het kuiken mee naar binnen. Een paar minuten later kwam mevrouw Van Keulen met het kind aan de hand weer naar buiten, om rustig aan een nieuw nestje te bouwen voor het jong. Otto verzorgde het met zijn moeder, die hem broodkruimeltjes gaf. Jet kon haar niet uitstaan. Ze begreep dat Van Keulen haar lichaam verkoos boven dat forse lijf van zijn vrouw. Ze zag dat ze het kuiken zelfs wormpjes gaven die zijn grote zussen uit de aarde visten.

Het kuiken groeide voorspoedig. Otto en zijn zus besloten hem te leren vliegen. Eerst een klein stukje boven de grond, daarna met een zetje, zodat het voor het eerst zijn vleugels kon uitslaan. Na drie dagen fladderde het al een paar slagen. Trots riep Otto zijn moeder, om te laten zien wat het vogeltje intussen al had bereikt. Het vogeltje bleef terugkomen, ook de volgende dag wist het Otto weer te vinden. Het kind straalde van oor tot oor en herkende het vogeltje uit duizenden.

Misha vond het een raar verhaal, maar Jet kon het hem niet laten zien. Wel vroeg ze Henk om eens te kijken vanuit het bovenraam. Pas na een paar dagen vertelde hij haar dat hij het vogeltje inderdaad had gezien. Bij Otto.

Een van de personeelsleden uit de drukkerij had Henk verteld dat de stemming onder de Duitse soldaten in Nederland om begon te slaan. Hij woonde vlak bij een Duitse post en sprak zo nu en dan met die knapen. De Duitsers zagen het einde van de oorlog nabij komen en leken zich onveilig te voelen. Sommigen raakten uitgehongerd en waren bereid goederen en voertuigen in te ruilen voor voedsel of een veilige plek. Een andere jongen, die het drukwerk controleerde, had sinds een paar weken thuis een radio en ook hij kwam met soortgelijke berichten. Toch zou het werkelijke schot der verlossing vast nog wel een tijdje op zich laten wachten, zei Henk tegen Jet, die hem een bord aardappelpuree voorschotelde.

In eerste instantie voelde het of het haar onverschillig liet, maar toen ze nog een keer naar die radioberichten vroeg, merkte ze dat er toch nog een restje hoop in haar lag verscholen.

Ze nam zich voor om het voorlopig niet aan Misha te vertellen, ze had hem al te vaak met een dooie mus blij gemaakt, hij nam haar berichtgeving niet meer serieus. Ze liet Henk rustig eten en zei dat ze naar haar kamer ging.

Vroeg in de ochtend, Henk was net naar de drukkerij vertrokken, nam Jet de kussens uit de woonkamer mee naar de tuin. Terwijl ze ze stuk voor stuk stond uit te kloppen, hoopte ze geluid op te vangen van de buren. Van Keulen moest meer weten over de veranderingen, of de radioberichten klopten of niet. Ze had van hem niets opgevangen, zijn heldere, kalme blik verraadde niets. Behalve over hemzelf, de kunstwerken en zijn gevoel voor haar, besprak hij amper iets met haar. Over de bezetting hadden ze het nooit gehad, zelf durfde ze daar niet over te beginnen. Hij hield een duidelijke scheidslijn aan in onderwerpen die hij wel en niet met haar besprak. Over sommige kunstwerken wilde hij uitweiden, simpelweg omdat zijn passie hem beheerste, hij kon vreselijk uitgelaten zijn als hij een bepaald schilderij onder ogen had gehad. Over zijn echte werk, in het meubelbedrijf, hoorde ze hem nooit. Toch hingen er altijd dezelfde schilderijen in zijn huis, het enige dat erbij was gekomen was dat van Jet zelf. Het verbaasde haar dat hij nooit iets anders ophing, tenslotte hield de kunst hem bezig. Hij hield wel lijsten bij van kunstwerken, dat had hij verteld, maar Jet had nog nooit een schilderij voorbij zien komen. En als hij haar vertelde, een enkele keer vol enthousiasme over wat voor een schoonheid hij was tegengekomen, lichtte hij nooit toe waar hij dat kunstwerk had gezien. Hij zei altijd dat die doeken op 'doorreis' waren, hij hoefde ze alleen op waarde te schatten.

Ruim een week later, toen Jet de houten tafel in de woonkamer afstofte, hoorde ze Henk onverwacht vroeg thuiskomen. Nadat hij de voordeur achter zich had dichtgedaan, riep hij haar en liep de kamer in. Ze draaide zich half om en vroeg wat er was. Hij haalde overdreven adem. 'Het is voorbij, Jet.'

Ze verroerde zich niet. Ze moest hevig slikken. Hoe wist hij dat?

Henk vertelde over de eerste aanplakbiljetten die hij net op straat had gezien. Opgewekt zei hij dat die papieren overal werden opgehangen om het nieuws te verspreiden. Jet staarde hem aan.

'De mensen gaan de straat op, er wordt gedanst, gezongen!' Hij gebaarde naar de voordeur, misschien wilde ze het met eigen ogen zien?

Hoofdschuddend frommelde ze aan de stofdoek in haar handen. Ze keek schichtig naar Henk. 'En wat nu?'

'Nu is het echt voorbij, Jet!'

Ze voelde zich verdwaald terwijl ze niet eens ergens naar op weg was.

Henk kwam dichter bij haar staan met zijn armen wijd. 'Ongelooflijk hè?'

Ze kon het inderdaad niet geloven.

Terwijl ze elkaar omhelsden, schaamde Jet zich voor de vreemde leegte die ze voelde.

Over het verlaten van de kelder had Misha überhaupt niet meer nagedacht. Zijn wervelkolom was dusdanig verstijfd dat hij zijn rug niet meer kon strekken. Jet probeerde hem te ondersteunen op het trappetje naar boven, maar hij weigerde haar hand. Misha vloekte. Hij zou zich bevrijd moeten voelen, maar zijn lichaam liet hem in de steek.

Jet droeg het laatste rokje dat ze nog had, met een grote rode ruit, waar ze alleen de zwarte voering uit had geknipt om andere kleren mee te stoppen. De rest van haar kleding was in de loop der tijd versleten en kapotgegaan. Ze deed haar medaillon weer om, voor de zekerheid onder haar kleren. Ze verlangde naar haar moeder. Zonder koffer kon ze terugreizen naar de hoofdstad, met een geknoopt touwtje om haar middel om haar rok omhoog te houden. Ze had regelmatig de touwtjes bewaard die om Henks drukwerk zaten, hij nam soms werk mee naar huis en gooide weg wat hij niet meer nodig had. Ze had dan alles uit de prullenbak gevist, ook losse papieren gebruikte ze om lijstjes op te maken van haar schoonmaakwerk of om pogingen te wagen haar ouders te schrijven, papieren die ze na verloop van tijd weer verscheurde omdat er toch nooit een adres op kwam te staan.

Het kostte Jet moeite om te vertrekken, voelde ze, terwijl ze het touwtje steeds opnieuw strakker aantrok om haar middel.

Ze kon zich een leven zonder Henk, zonder de buren, zonder het kind niet meer voorstellen. Tini wilde ze wel proberen mee te nemen, maar het zou lastig zijn om met een doek te reizen. Ze kreeg ook niet de gelegenheid Tini op te halen: ze had Van Keulen al in geen dagen gezien. Ze had hem steeds gezocht, maar hij was op reis gegaan. Henk had aangeklopt bij mevrouw Van Keulen maar die wilde er niets over horen, ze hield het schilderij zolang haar man dat wilde. Henk zou het later met Van Keulen regelen, verzekerde hij Jet, en Tini dan te zijner tijd naar haar toe brengen in Amsterdam.

Jet wilde niet weg, maar Misha dankte God op zijn blote knieën dat hij het daglicht weer zag en dat er een einde aan deze grote nachtmerrie was gekomen. Jet slaagde erin hun vertrek uit te stellen, telkens met een paar dagen, maar uiteindelijk viel er niet meer aan te ontkomen.

Ze wilde niet vertrekken zonder Van Keulen dag te zeggen, maar mevrouw Van Keulen zei dat het nog een tijdje kon duren voor hij terugkwam. Volgens Henk hadden mannen als Van Keulen nu een probleem, hoewel hij zich kon voorstellen dat Van Keulen zijn zaakjes goed had geregeld. Eigenlijk had men zelfs in de buurt niet precies geweten wat zijn werkelijke functie binnen de nsb de afgelopen jaren was geweest, sommigen beweerden dat hij enkel administratief in de weer was met kunst, die indruk had Jet zelf ook.

Otto was er wel. Hij stond bij de voordeur naast zijn moeder en keek Jet met zijn schitterende ogen aan. Ze durfde hem niet echt aan te spreken, niet te vertellen wat ze niet vertellen mocht, omdat het ooit zo was afgesproken. Het was de voorwaarde voor zijn bestaan. Misschien was het beter voor haar om te vertrekken. Als het dienstmeisje van de buurman zei ze hem liefdevol gedag, waarna hij haar bleef aanstaren.

'Waar is dat touwtje voor?' vroeg Otto nieuwsgierig.

Jet glimlachte met een trillende onderlip. 'Dat touwtje houdt mij bij elkaar,' zei ze.

Al was ze ervan overtuigd dat ze haar ouders daar niet zou vinden, toch haastte ze zich onmiddellijk naar de

Nieuwendijk. Hoe dichter ze bij de Zoutsteeg kwam, hoe meer last ze kreeg van haar buik. Ook haar heup deed zeer, en ze voelde een steek aan de zijkant van haar maag, maar misschien kwam dat door het harde lopen. Ze voelde zich slap en duizelig, ze was bang dat ze zou flauwvallen. Toch besloot ze door te lopen, voor je kijken en doortrappen, hoorde ze haar moeder weer zeggen, juist hier klonk haar moeders stem helderder dan ooit tevoren.

Jet liep de straat in, stopte voor het huis en keek omhoog, naar de voorgevel, waar niets te zien was. Er hing zelfs geen vitrage voor de ramen. Na langdurig aanbellen bleken er wel bewoners te zijn. Ze verzochten haar te verdwijnen bij hun voordeur, ze hadden niets met haar te maken, en die familienaam zei ze ook niets. Ze woonden hier intussen al een paar jaar. Als ze zou blijven staan, zouden ze de politie roepen.

Jet draaide zich wankel om. Voor je kijken, doorlopen, zei ze tegen zichzelf.

Op het Damrak, zodra ze zeker wist dat die mensen haar met geen mogelijkheid meer konden zien, zakte ze in elkaar. Ze bleef op een stoeprand zitten. Fietsers passeerden haar, voetgangers keken haar aan, ze kon zich niet meer verroeren. Dit gevoel had ze nooit eerder gehad, nooit eerder was zo duidelijk geweest dat alles voorbij was. Ze had altijd gedacht dat het misschien wel mee zou vallen, als de oorlog maar over zou gaan. Dat ze zich zo'n vreemde in haar eigen omgeving kon voelen, was onvoorstelbaar. De gedachte drong zich aan haar op dat ze haar ouders misschien nooit meer zou terugvinden. Haar vroegere leven bestond niet meer.

Ze staarde naar de plek recht voor haar, waar ze ontelbaar vaak naartoe was gerend om Misha te zoenen. Dan wilde ze dat de tijd stilstond, maar ze mocht het nooit te bont maken. Verlangend naar de volgende dag rende ze dan terug naar de Nieuwendijk.

In de wanhopige zoektocht naar haar ouders, haar neefje en een plek om te kunnen wonen, sleepte ze zichzelf de stad door. Vanwege het zachte weer kon ze, net als vele andere jonge mensen, buiten slapen. Ze verbleef tussen grote groepen teruggekeerde Joden in het park, de een had een nog ellendiger verhaal dan de ander, terwijl Jet zich had voorgenomen niet te praten. Ze dacht aan Misha, die in de binnenstad in het ziekenhuis was opgenomen. Afgezien van zijn aangetaste longen, had hij ook moeite met lopen. Volgens zijn artsen maakte hij wel een goede kans op genezing, maar ze wilden hem in eerste instantie niet aan zijn lot overlaten, hij kon hier het beste even op kracht komen. Voor Misha was het ziekenhuisbed al een wereld van verschil; hij lag tussen andere mensen, hoorde de hele dag geluiden om zich heen en er was daglicht.

Omdat Jet nog geen vaste plek had in Amsterdam, had ze met Henk afgesproken dat zij hem zou opbellen. Ze kende Henks werktijden maar al te goed en wist precies hoe laat hij thuis zou komen van de drukkerij. Het lukte maar heel af en toe om te bellen; als er al een telefoon was, stond ze vaak lang in de rij. Als ze elkaar spraken, vroeg hij altijd of ze genoeg voedselbonnen had en of ze al iets van haar ouders had gehoord. Ja en nee, hoorde ze zichzelf dan zeggen. Ze had steeds een heel vel bonnen in haar zak zitten en ze at maar weinig. Zelf wilde ze liever over hem praten, over thuis, en Otto, maar Henk was geen spreker, zoals hij zelf altijd zei, en aan de telefoon had hij meer last van zijn gehoorproblemen. Hij zei altijd dat het goed ging met het kind. Van Keulen was teruggekeerd, vertelde Henk, en het zou hem niet verbazen als hij binnenkort nog wat langer zou verdwijnen. Wat er dan met zijn gezin zou gebeuren, wist Henk niet. Jet smeekte hem het uit te zoeken waar ze dan heen zouden gaan – hij mocht Otto niet uit het oog verliezen.

Bij verhuisbedrijf Büch viel nog te achterhalen wat ze bij de Plessners op de Nieuwendijk hadden opgehaald, alles stond keurig op naam en adres opgeslagen en er was geen enkele reden om de oorspronkelijke bezitters hun spullen niet terug te geven. Met haar vervalste identiteitspapieren kon Jet niet meer aantonen wie ze was, de nieuwe papieren had ze niet, de chaos was nog te groot, maar de heren van Büch herkenden haar. 'Ja, ik weet het weer,' zei een van de oudere mannen, 'jouw vader was de eigenaar van een hoop winkels daar. Wat ben je mager, kind, maar gelukkig heb je je mooie haar nog.' Jet zei dat ze ondergedoken had gezeten. Zelf schrok ze ook steeds van de mensen die terugkwamen uit kampen, niet eens zozeer door hun lichamen, maar inderdaad door hun kale, zieke hoofden. De chef van Büch bood haar onmiddellijk een paar boterhammen aan, waarvan ze er eentje vol genot oppeuzelde, de rest wilde ze graag meenemen, dan hoefde ze vanmiddag niet in de rij te staan met haar voedselbonnen. Nu er al twee weken voorbij waren gegaan, was ze bang dat de kans klein was dat haar ouders nog terug zouden komen. Maar dat was voor Büch het probleem niet. Ze wilden Jet haar bezittingen wel teruggeven, maar wisten niet waar het heen moest. Ze spraken af dat ze het zou laten weten als ze een vaste slaapplaats had gevonden, of een woning waar ze langere tijd zou verblijven. Eigenlijk was ze van plan geweest om de heren van Büch om een slaapplaats te vragen, ze kenden de stad zo goed, maar op de een of andere manier durfde ze dat niet.

Met het touwtje om haar middel liep ze in nog steeds hetzelfde geruite rokje naar het centrum van de stad. Ze wisselde twee bloesjes af. Wat maakt het eigenlijk uit of ik die spullen weer heb of niet, vroeg ze zich af.

Al zou ze niet meer aanbellen, ze besloot wel in de buurt van hun huis op zoek te gaan naar informatie. Alle winkeliers kenden haar vader, wie weet had iemand hem nog gezien, of iets over hem gehoord?

Via de Kalverstraat liep ze richting Nieuwendijk. Bij de Dam voelde ze zich onwel worden, ze hield even stil en probeerde streng voor zichzelf te zijn. 'Doorlopen,' zei ze hardop. Zelfs na de bevrijding was hier nog geschoten, had ze gehoord, ze wist niet goed waar ze op moest letten. Waren het mannen uit het verzet geweest of nog N S B'ers? Jet balde haar handen tot vuisten, hield haar armen strak tegen haar lijf en liep zo snel als ze kon door.

Nadat ze de Dam eenmaal was overgestoken, voelde ze haar handen trillen. Elke stap verder gaf haar een benauwder gevoel, maar ze probeerde zich op de winkels te concentreren, zich de namen te herinneren van de huurders. Veel winkels waren gesloten, dichtgetimmerd of van naam veranderd. Ze herkende niemand. Nog een paar stappen en ik ben thuis, dacht ze. Vlak bij de voorgevel bleef ze staan. Ze zette een paar stappen naar achteren, om het pand beter, van een afstandje, te kunnen zien. Het schilderwerk bladderde af, er waren twee ruiten gebroken. Op bevende benen stond ze in het midden van de straat naar hun huis te kijken. Jet slaagde er niet in om zich te vermannen. Ze zakte door haar knieën.

Daarna sleepte ze zichzelf toch naar de steeg, waar ze ging zitten op het buitentrappetje van hun huis. Ze wist niet meer waar ze naartoe kon. Ze beet haar nagels korter dan ooit tevoren en besloot Henk te vragen of hij haar wilde terugnemen.

Hoe lang ze daar had gezeten wist ze niet. Ze had uiteindelijk toch opnieuw aangebeld, maar er werd niet opengedaan en ook van boven bleef het nu stil. Ze ging op het stoepje zitten, wachten. Alsof er nog iets te wachten viel. Ze dacht aan wat ze de afgelopen dagen in het park had gehoord, van mensen die op zoek waren naar familie. Er zouden lijsten van het Rode Kruis op het Centraal Station hangen. Lijsten van mensen die zeker niet meer terug zouden komen, dat hadden de Duitsers goed geregistreerd. Als haar vader terug zou komen zou hij hier zijn, hier zoeken, háár zoeken.

Ze had gehoord dat het op het station krioelde van de mensen, dat er zelfs mensen waren die, nadat ze de terugreis hadden overleefd, hun laatste adem op het Centraal uitbliezen. Misschien waren haar ouders toch in die chaos terechtgekomen en konden ze niet wegkomen, of misschien zijn ze door het Rode Kruis ergens anders heengebracht. Jet stond op, zette de pas erin en voelde haar benen zeer doen. Alles deed pijn. Doorlopen, dacht ze, terwijl ze het station voor zich zag liggen.

Op het stationsplein was het inderdaad een chaos van jewelste. Zelfs kinderen liepen zoekend rond, uitgemergeld, met gescheurde kleding en zakjes in hun handen. Ondanks de warmte, zowel buiten als binnen in het station, liepen er mensen rond met dikke jassen aan. Elke jongen in donkere winterjas die Jet voorbij zag komen, dacht ze te herkennen. Haar neefje had zo'n stoffen jas gehad, maar geen enkel gezicht leek op dat van hem. Ze zou zijn naam ook zoeken. Ze zou alles afspeuren, nam ze zich voor terwijl ze over het stationsplein naar de grote Rode Kruispost liep. Er lagen stapels dekens, maar ze durfde er niet zomaar een te pakken. Ze vroeg een dame in uniform waar de lijsten hingen en hoopte dat ze begreep welke lijsten ze bedoelde. De vrouw wees naar de wand een stukje verderop. Jet knikte en liep er vastberaden heen. Mensen verdrongen elkaar om de namen beter te kunnen lezen. Jet wrong zich er ook doorheen, maar op een meter of vier voor de wand kwam ze klem te zitten. Ze keek benauwd om zich heen, maar geen enkel gezicht in de dringende menigte kwam haar bekend voor. Alle hoofden leken op elkaar. Weinig haar en magere gelaten. Jet voelde zich onveilig.

Het duurde een vol uur voor ze de eerste namenlijst van dichtbij kon lezen. Regel voor regel las ze de namen van mensen die waren omgebracht, die nooit meer thuis zouden komen. Ze herkende wat familienamen, maar wist niet wie die mensen waren. Ze zocht haar eigen achternaam.

Omdat die er niet bij stond, probeerde ze bij de volgende lijst te komen. Met haar hand veegde ze wat zweetdruppeltjes onder haar neus vandaan.

Tijdens het wachten zag ze hoe een nieuwe lijst op de muur werd geplakt. Jet besloot om elke dag terug te komen.

Na een week kon ze zich niet eens meer herinneren hoeveel lijsten ze had bekeken. De namen dwarrelden voor haar ogen. Ze herkende intussen andere onderduikers die dagelijks op dezelfde plek stonden, iedereen kwam voor hetzelfde. Er waren maar een paar duizend mensen teruggekomen, heel veel hoop mocht ze niet meer hebben. Maar Jet wilde nog niet opgeven. Haar ouders hadden in een latere trein kunnen zitten, of ergens overgestapt kunnen zijn. Ze bleef wachten. De dame in uniform die haar eerder de lijsten had gewezen, had haar een deken gegeven. Er werd om gevochten, had ze gewaarschuwd, dus laat 'm niet slingeren. Jet droeg de deken als shawl over haar schouders.

De rust van de ziekenhuiskamer was een verademing. Als ze Misha over de chaos op het station vertelde, vroeg hij steeds welke namen ze wel had herkend, of er Duitse jongens bijzaten met wie hij had gewerkt voordat ze naar Haarlem vertrokken. Zijn eigen familienaam hoefde ze niet te zoeken, die zouden vast op lijsten in Duitsland staan. Hij had Jet wel gevraagd om naar die lijsten te informeren bij het Rode Kruis. 'Alsof deze klus nog niet moeilijk genoeg is,' lachte een man in uniform haar uit. Jet knikte voorzichtig en slenterde voor de zoveelste keer naar de wand met namen. Daar werd het de afgelopen dagen steeds stiller. Ze legde haar hoofd in haar nek om de bovenste namen ook goed te kunnen lezen. Na enkele minuten schrok ze van een hard geroep in een luidspreker. Angstig draaide ze zich om. Een man in uniform vroeg om aandacht. 'Er komen geen nieuwe lijsten meer bij.'

Ze trok het touwtje om haar middel strakker dan ooit.

Henk weigerde haar terug te nemen. Het was niet goed voor haar, beweerde hij stellig, hoe graag hij het ook wilde. Wel stelde hij voor dat ze een tijdje bij zijn broer in Amsterdam zou gaan logeren zodat ze tenminste een vaste slaapplaats had. Ze zou overdag moeten proberen haar zaakjes op orde te krijgen. Ze snikte in de telefoon, ze wilde terug naar Haarlem, naar zijn huis, waar alles zoveel beter was geweest. Ze voelde zich eenzamer dan ooit. Misha bleek haar bezoek minder nodig te hebben dan nadat hij net was opgenomen, hij wisselde met plezier verhalen uit met medepatiënten. Zijn jaren onder de grond waren vaak nog zoet vergeleken met de situaties van anderen. Door zijn Russische verhalen te vertellen, bood hij de hele kamer wat afleiding. Hij had niet voor niets al die jaren liggen lezen.

Jet smeekte Henk aan de telefoon, ze zou voor hem werken, minstens zo hard als in die tijd, ze zou alles voor hem doen.

'Geen sprake van, lieve schat,' antwoordde hij, 'je gaat een leven opbouwen.' Het werd stil aan de lijn. Om haar af te leiden zei hij dat hij nog steeds vier dagen thee drinkt van dezelfde thee, iets waar ze samen vaak om hadden gelachen. Ze reageerde niet. Lieve schat, had hij tegen haar gezegd. Jet hield haar rechterhand over de hoorn gevouwen. Hij mocht haar verdriet niet horen.

Het gaat goed met Otto, benadrukte Henk. En Van Keulen was erin geslaagd om voorlopig gewoon thuis te blijven, misschien was zijn administratieve werk niet zo strafbaar als wat de rest had uitgespookt. Anderen werden uit hun huizen gesleurd en op straat in elkaar geslagen door mannen uit het verzet, maar bij Van Keulen werden er alleen wat leuzen op zijn voordeur geklad, die hij zelf met water en zeep verwijderde. Hij leek ongestoord door te leven, en vooral voor zijn kinderen te zorgen.

'En Tini?' vroeg Jet, maar daar maakte ze zich eigenlijk niet druk om. Van Keulen zorgde goed voor Otto, dat was alles wat ze wilde horen.

Henk had zijn kans gegrepen toen hij Van Keulen op straat trof in de zomer, en gevraagd of het schilderij nu terug kon verhuizen naar Amsterdam, Jet wilde haar graag terug hebben en ze woonde tegenwoordig bij zijn broer in Amsterdam. In burgerkleding zag Van Keulen er vriendelijk uit, maar zonder enige aarzeling schudde hij zijn hoofd. Het doek werd aan niemand anders meegegeven dan aan Jet: zij had Tini hiernaartoe gebracht, ze moest haar maar zelf komen ophalen.

Hij zal zijn hoer wel missen, dacht Henk, maar daar zou hij niet aan toegeven. Hij besloot Jet niet op de hoogte te brengen van het bevel van Van Keulen. Die tijd is voorbij.

Het was voor haar eigen bestwil, prentte hij zichzelf in. Hij moest een oplossing vinden om Van Keulen aan te pakken, desnoods met hulp van anderen, maar hij wist nog niet hoe. Hij vermeed het onderwerp met Jet, net zoals hij haar niet vertelde dat het vogeltje niet meer was teruggekomen en dat het kind daar steeds maar naar bleef zoeken.

Jet bleef regelmatig naar Tini vragen. Als je eenmaal aan een leugen begint, moet je 'm ook consequent afmaken, had Henk van zijn moeder geleerd – vandaar dat hij zijn onderduikers al die tijd bij zich had weten te houden. Nooit had hij iets losgelaten op de drukkerij of waar dan ook, nooit maakte hij een fout. Hij zou Jet vertellen dat Van Keulen het doek had verkocht. Zo zou zij er niet meer naar vragen, hopelijk een nog grotere hekel aan de vader van haar kind krijgen en meer afstand van haar leven in Haarlem kunnen nemen. Hij twijfelde niet aan de kracht van zijn betoog.

Na enkele weken werd Misha uit het ziekenhuis ontslagen en via een van zijn medepatiënten had hij huisvesting weten te krijgen, waar ook Jet voorlopig terecht kon. Maar ze deed moeilijk, ze zeurde over de buurt, de mensen bij wie ze terechtkwamen, de afstanden van die straat naar de binnenstad en nog meer smoesjes, die volgens Misha alleen maar lieten zien dat het niet goed met haar ging. Ze bleef voorstellen om naar Haarlem terug te gaan, waar hij nu eindelijk boven de grond zou kunnen leven. Misha bracht altijd begrip op voor Jets gevoelens, probeerde haar altijd tegemoet te komen, maar nu ging ze te ver. Wat haalde ze zich in haar hoofd? Natuurlijk was het onverdraaglijk dat ze geen hoop meer mocht hebben, dat ze moest inzien dat haar ouders waren omgekomen, en dat waarschijnlijk ook haar neefje de oorlog niet had overleefd. Maar zonder hoop leek ze haar leven ook niet meer vast te kunnen houden. Ondanks de vele voedselbonnen die ze had gekregen at ze nog altijd slecht en zag ze er beroerd uit. Over het kind wilde ze niet praten als Misha ernaar vroeg, zoals hij al die jaren had gedaan. Ze reageerde vol woede, alsof ze die in de afgelopen jaren had opgespaard, alsof de agressie al die tijd in haar had zitten wachten, om nu te exploderen. Toch verdroeg Misha ook haar agressie. Zelfs als ze tegen hem schreeuwde, zag hij haar schoonheid.

Het touw werd almaar dunner, vlak bij de knoop die ze telkens op buikhoogte maakte lieten de draden steeds meer los. Ze kon de slordigheid rond haar middel niet uitstaan, maar zonder touw zou ze haar kleding verliezen. Ze knoopte het ook om de te grote broek die ze had opgehaald bij het steunpunt voor teruggekomen slachtoffers. In een gesprek op de Dam, op het plekje waar ze vroeger altijd hadden afgesproken, en waarvan Misha dacht dat het hun goed zou doen om daar weer samen te zijn, probeerde ze hem ervan te overtuigen dat het bij Henks broer in huis beter was dan bij die medepatiënt. Maar Misha wilde zelf iets opbouwen, met haar, zonder Henk of Henks broer. Jet kon natuurlijk wonen waar ze zelf wilde, zei Misha, maar hij had het aanbod van zijn medepatiënt aangenomen. Het was een benedenhuis, wat hem goed uitkwam vanwege zijn zwakke rug. 'En ik wil dat je mee gaat. Het is voor ons allebei.'

Met een nervositeit die hij niet van haar kende, gaf ze eindelijk toe, ze zou haar huisvesting bij de broer van Henk opzeggen.

Misha nam haar vast en Jet rook zijn vertrouwde geur, waardoor ze rustiger ging ademhalen, zonder ook nog maar iets te begrijpen van wat ze voelde.

Ze wist niet eens meer aan wie ze het eerst moest denken, zo vlak bij het huis van haar ouders, zo vreselijk ver van Otto vandaan.

I I

New York, 1975

Collins had trek. Hij haastte zich naar huis, waar vast weer niet op hem werd gewacht met het avondeten. Misschien was dat maar beter ook, dan hoefde hij zich vanavond niet te ergeren aan haar gerook aan tafel. Hoe vaak had hij haar daar al op aangesproken? 'Zo ben ik,' zei ze dan. Hij gooide zijn peuk op straat en graaide naar zijn huissleutels in zijn regenjas.

De portier begroette Collins vriendelijk. Had meneer een goede dag achter de rug? Collins kaatste de vraag zonder te antwoorden terug, zoals hij dat elke avond deed. De portier wenste hem nog een fijne avond.

Opgetogen door zijn thuiskomst sprongen de kinderen op van tafel. Zijn kleine Jessica omhelsde hem, zoals altijd, totdat haar moeder haar gebood terug aan tafel te komen. Zijn zoon kreeg een kus op zijn hoofd. Voordat Collins aanschoof waste hij zijn handen in de keuken, schonk zijn borrel in en kuste zijn vrouw op haar wang. Pas toen hij zat, nam hij een paar slokken. Hoe het op school was, vroeg hij. Ze begonnen door elkaar heen te kwebbelen en Ellen deed daar nog een schepje bovenop door te vertellen dat ze had geluncht met haar vriendin Martine. Collins besloot geïnteresseerd te luisteren, al kon het hem niets schelen. Ze had Ellen in vertrouwen verteld dat ze naar een psychiater was gegaan, 'en daar brengt ze nu drie middagen per week door.'

'Wat wil je daarmee zeggen?'

Ellen vormde haar lippen tot een twijfelend mondje, het leek haar heel prettig voor Martine. Fijn, dacht Collins, dat psychotherapeutisch geleuter. Ik voel me niet goed, ik voel me niet lekker, hoe voel je je vandaag? Op kantoor was er een secretaresse die er ook maar niet over ophield. Het leek een moderne epidemie te worden, waar Collins nu al genoeg van had.

Sinds het ongeluk voelde hij zich anders, hij had geen therapeut nodig om dat te begrijpen. Ellen vroeg steeds vaker waar hij aan dacht, al leek het haar nooit oprecht te interesseren. Het ging haar meer om waar hij zijn tijd doorbracht en met wie hij in gesprek was geweest. Ze had zich nooit echt in het ongeval verdiept, in wat het voor hem betekende, het ging haar voornamelijk om de financiële afwikkeling. Er mocht vooral niet te veel geld verloren gaan. Dat had ze van haar vader, die zijn leven lang met zijn dikke kont op de zak met geld had gezeten. Ook hij had direct na het ongeluk gezegd dat Collins de schade moest afkopen. Alsof leed niet bestaat, vooral dat van een ander niet. Alsof hij niet steeds terugdacht aan die oversteekplaats.

Na de afwikkeling had Ellen er nooit meer naar gevraagd. Ze vroeg wel waar hij aan dacht, maar zou niet kunnen bevatten dat hij zich schuldig voelde. Met de zijkant van zijn vork sneed hij de zachtgekookte aardappels doormidden.

Een halfuur later had ze de kleintjes in bed gelegd. Hij hield ervan om nog even op de rand van hun bedjes te zitten voor ze in slaap vielen. Zijn dochter had altijd een vast plekje voor hem. En meestal stelde ze dan vragen over hetzelfde onderwerp; ze wilde weten hoe God eruitzag. In de zoveelste poging om dat onderwerp te vermijden, vroeg hij of ze op school met het springtouw had gespeeld. Ze knikte. Ze had zestien keer gesprongen zonder te vallen. 'Goed zo, meisje,' zei Collins, haar wang strelend. Of God wenkbrauwen heeft, vroeg ze. Collins zei dat hij dat niet kon weten, maar dat leek haar nooit iets uit te maken. Ze bleef ernaar vragen. Hij kuste haar zachtjes en zette haar kamerdeur op een kier.

's Avonds begon Ellen weer over haar lunchafspraak. Collins haalde diep adem en vroeg of het haar soms ook wat leek, zo'n therapeut. Ze knikte vol overtuiging. Waar had ze dan last van, dat ze dat met iemand die ze niet kende zou willen bespreken? Ze had geen idee.

Het kostte Collins die avond niet zoveel moeite om zijn vrouw van haar plannen af te brengen, maar ze bleef erop terugkomen. Na zijn lange werkdagen had hij maar weinig geduld voor haar gezeur, maar hij wist dat hij – als zij zich eenmaal iets in haar hoofd haalde – uiteindelijk toe zou moeten geven.

Mede dankzij haar en het aanzien van haar familie was hij gekomen waar hij nu was, had hij kunnen opklimmen tot zijn huidige bestaan. Een bestaan waarin hij de eigenschappen van zichzelf waar hij een hekel aan had buiten beschouwing kon laten. Alleen soms, als hij in de spiegel keek, zag hij een blik die hij niet thuis kon brengen.

Door de jaren heen had Collins steeds meer last van Ellen gekregen. Niet dat ze echt iets verkeerd deed, maar hij merkte dat hij het steeds vaker irritant vond om in haar buurt te zijn. Als ze al praatten, verliepen hun gesprekken moeizaam of ze gingen nergens over, hoewel dat laatste vooral met hem zelf te maken had. Hij had Ellen altijd op een zekere afstand gehouden. Over zijn jeugd had hij nooit veel losgelaten. Ellen had ook nooit doorgevraagd, en hij had het aanvankelijk prettig gevonden dat ze alleen in zijn toekomst geïnteresseerd was; tot hij besefte dat die toekomst er vooral een met veel status zou moeten worden.

Hij koesterde de zeldzame momenten waarop hij alleen thuis was, hoewel hij er ook van genoot als hij alleen was met het dienstmeisje. Blanca was illegaal in Amerika, ze had haar werkvergunning misbruikt – als ze op straat aangehouden zou worden, zou ze teruggestuurd worden naar Brazilië, naar de familie die ze nu van afstand onderhoudt. Maar daar is ze niet bang voor, heeft ze hem een keer verteld. Dan heeft het zo moeten zijn, en wordt ze tenminste herenigd met haar dochtertje.

Collins heeft zijn best moeten doen om Blanca aan te houden, en om haar af en toe wat extra's te betalen.

Ellen vond het zonde van het geld, ze vond dat ze haar werk helemaal niet zó goed deed, maar Collins was gaandeweg gehecht geraakt aan haar aanwezigheid, aan hun spaarzame gesprekken, waarin ze elkaar nooit echt leken te begrijpen maar die hem altijd bevielen door het uitblijven van consequenties, ongeacht wat hij haar vertelde.

En toch zat ook daar iets scheef. Sinds hij haar had gevraagd zijn schoenen te poetsen maar hij niet had beseft dat hij ze nog aanhad, en Blanca voor hem op haar knieën ging nog voordat hij zijn vraag had kunnen intrekken, leek ze op te schrikken elke keer dat hij haar naam noemde.

Tijdens de warme, vochtige zomermaanden in Manhattan merkte Collins dat zijn vrouw meer thuis bleef om in de koelte van airco te blijven. Collins miste de kinderen, die in die periode bijna een maand op zomerkamp waren, maar besefte dat ze daar misschien wel beter af waren dan thuis.

In de tijd dat de kinderen weg waren, bracht Ellen altijd een paar dagen door bij haar ouders, ook om daar haar jeugdvrienden te zien. Dan kon hij zijn glas volschenken en zijn schoenen aanhouden. Hij had zich na al die jaren bij haar neurosen neergelegd, maar toch genoot hij nu van zijn vrijheid, van haar afwezigheid. Als hij een enkele keer 's avonds op de bank in slaap viel, werd hij door Ellen gewekt. De sofa was geen bed, snibde ze. Nu kon hij daar net zo lang blijven liggen tot hij er zelf genoeg van had. Ook at hij niet aan tafel, maar staand in de keuken en hij nam chips mee naar de woonkamer. Het was toch eigenlijk gek dat hij zich normaal gezien bezwaard voelde om te doen wat hij wilde in zijn eigen huis? Maar als hij zijn beklag deed bij zijn collega's werd hij hartelijk uitgelachen. Collins was nou eenmaal met een Joodse New Yorkse getrouwd, wat had hij dan verwacht?

Hij had daar niet over nagedacht, hij was simpelweg smoorverliefd op haar geworden. Hij was nog geen twintig jaar oud en pas kort in de Verenigde Staten toen hij haar ontmoette. Ze was beeldschoon met haar bos rossige krullen om haar bleke gezicht. Ze waren al gauw onafscheidelijk, al vonden haar ouders hem pas geschikt voor hun dochter toen ze hun vertelde dat hij uitblonk op de universiteit. Toen hij snel daarna een baan kreeg bij hun favoriete veilinghuis, werd hij volledig geaccepteerd.

Hij schonk zichzelf nog een keer in en gooide de whisky in een paar slokken achterover. Het appartement was donker, hij was te moe om op te staan en het licht aan te doen. Liggend op de sofa schopte hij zijn schoenen uit en schoof hij zijn voeten in het gleufje onder de leuning. Hij voelde zijn oogleden zwaar worden en liet ze even dichtvallen. Het geluid van de televisie ebde weg.

Tegen het vallen van de laatste avond voor Ellens terugkomst, stortregende het. Bij thuiskomst nam Blanca Collins' jas aan en ook zijn vieze schoenen nam ze meteen mee. Ze had zich niet gerealiseerd dat het zulk

98

noodweer was, zei ze. Zelfs zijn hoed droogde ze in de keuken met een doek. Collins trok een vest aan over zijn hemd en bedankte Blanca voor haar hulp. 'Het stormt, Blanca.' Ze knikte. Collins zei dat hij het niet prettig vond dat ze door die nare zomerstorm moest, hij had zelf net een taxi genomen, en evengoed was hij doorweekt. Ze keek hem afwachtend aan.

'Neem een taxi,' gebood hij, 'op mijn kosten.'

Blanca lachte haar tanden bloot. Een taxi! Ze was niet van suiker, ze zou de storm wel trotseren. Collins zweeg.

Ze verontschuldigde zich voorzichtig, maar de ongemakkelijke sfeer verdween niet. Stil liep ze langs hem om zijn schoenen onder in de garderobekast te zetten en zijn hoed op de plank te leggen. Hij keek haar aan, en knikte daarna naar de paraplubak naast de schoenen. 'Neem er dan tenminste eentje mee.'

'Dank u,' zei ze nu zachter, terwijl ze haar opgevouwen parapluutje uit haar zwarte handtas tevoorschijn haalde. 'Deze had het al begeven.'

'Doe je voorzichtig op straat? Het kan gevaarlijk zijn met dat noodweer.'

Ze knikte opnieuw en keek bijna vertederd naar hem om toen ze de deur achter zich sloot. Alsof ik tegen een kind sta te praten, dacht hij, stom.

Hij wierp nog een blik uit het raam. Ondanks het weer krioelde het van de mensen op straat, die vanaf deze hoogte als mieren voortbewogen.

Hij schonk zijn whiskyglas vol en dacht terug aan die avond, de regen en de taxi die maar niet vooruit kwam.

Collins had zich moeten haasten naar een veiling bij de concurrent, waar Ellen op hem zat te wachten; ze had haar oog laten vallen op een schilderij dat 'beeldig' in de vestibule zou kunnen hangen.

'Kom op man, rij eens door!'

Zelf had hij het meisje ook niet zien aankomen. De chauffeur gaf hem de schuld, beweerde dat hij hem al de hele rit opjoeg, en eigenlijk had hij daarin gelijk. Collins was uit de taxi gesprongen en naast het meisje op zijn knieën gezonken. Ze ademde. Er stroomde bloed uit een wond op haar hoofd. Collins wilde haar van de straat tillen, naar de stoep dragen, maar ze gilde het uit. Binnen enkele minuten zat hij naast haar in een ambulance. De taxichauffeur had nog gevraagd of hij kon helpen, maar Collins wilde hem niet meer zien.

'Dus eigenlijk is het jouw probleem niet,' was Ellens eerste reactie. Haar vader zou precies hetzelfde hebben gezegd, wist hij. Het was wel degelijk zijn probleem dat een eerstejaarsstudente verminkt door het leven moest. Hij was nog zo fatsoenlijk geweest om Ellen niet de schuld te geven, het kwam tenslotte door haar gejaag dat hij zo ongeduldig was geweest. Dat hij een smak geld had bespaard door de veiling te missen, was een geluk bij een ongeluk.

Het meisje had hem met grote bruine ogen aangekeken, wat kon hij doen? Ze had zelf niet goed uitgekeken, dacht hij nog, ze had voorzichtiger moeten zijn, juist met dat noodweer. Zo'n mooi gezichtje verpakt in verband, hij kon er amper naar kijken.

Drie dagen later zat hij aan haar bed terwijl ze sliep. Ze maakte schokkende bewegingen met haar bovenlichaam. Schroom weerhield hem ervan haar te wekken, al had hij het liefst met haar gesproken. Na een kwartier in stilte aan haar bed te hebben gezeten vertrok hij. Bij de kamerdeur aarzelde hij nog even, daarna draaide hij zich om. Ze zou niet hebben geweten dat hij daar was geweest, een gebeurtenis die zich nog twee keer voordeed die week. Pas na een dag of tien werden haar medicijnen afgebouwd waardoor ze minder sliep en meer pijn had. Ze zat half rechtop toen Collins haar kamer binnenliep.

Omdat ze hem niet leek te herkennen, legde Collins uit wie hij was. Het meisje reageerde niet. Kon ze hem wel horen? Hij keek in diezelfde bruine ogen maar kreeg geen respons. Of ze liever had dat hij vertrok, stamelde hij. Weer reageerde ze niet. Pas na enkele tellen bewoog ze traag haar hand. Het bleef lang stil. Collins wist zich geen raad. Hij trok zijn shawl strakker om zijn hals. Hij kon zich niet herinneren wanneer hij zich voor het laatst zo onzeker had gevoeld. Een paar minuten later verliet hij haar ziekenhuiskamer. Hij zou binnenkort terugkomen, wist hij.

Bij het passeren van de verpleging vroeg hij haar gegevens op. Zonder moeite kreeg hij de gevraagde informatie, wellicht omdat men hem hier op de afdeling kende en hij meteen had aangeboden om de kosten op zich te nemen.

Ze leefde van een studiebeurs, begreep Collins dagen

later van een verpleegster in een te strak uniform. Zij had blijkbaar met de patiënt weten te praten. Zelfs nu ze wakker was, bleef ze tegen hem zwijgen. De vader van de patiënt was pianostemmer in het zuiden, wist de rondborstige verpleegster, naar New York reizen was geen optie voor haar ouders. Op Collins' vraag naar de medische toestand van de patiënt antwoordde ze niet.

Ellen had alle betrokkenheid met deze Stella resoluut afgekeurd, dus had Collins weer iets om voor zich te houden. Hij had overwogen de ouders van Stella over te vliegen, maar zag daar gaandeweg van af; hij kon haar beter uit zijn hoofd zetten. Hij liet Stella voor wat ze was. Was ze zo stil geweest omdat ze niets met hem te maken wilde hebben? Alleen het moment waarop ze haar hand had uitgestrekt... Had ze de zijne gezocht?

Pas bij de grote voorjaarsveiling waar hij wekenlang aan had gewerkt, drong het tot Collins door dat er al meer dan een maand was verstreken. Hij had haar een keer telefonisch geprobeerd te bereiken maar ze had niet opgenomen. Was ze in de tussentijd verhuisd? Telkens als hij de hoorn in zijn hand had gehad, voelde hij zich opgelaten, wat zou hij vragen? Eigenlijk was hij steeds opgelucht als hij geen gehoor kreeg. Maar nu hij voor het eerst sinds het incident in de veilingzaal zat, werd hij onrustig en wilde hij liever vertrekken.

Vierentwintig uur later stond hij bij het adres in Brooklyn dat de verpleegster op een papiertje had genoteerd. Hier moest het zijn, maar hij kon haar naam niet vinden naast de deurbellen. Beschamend, dacht hij, een volwassen man die scharrelt in een koud portiek. Met in zijn tas een stapeltje biljetten om eventueel aan haar te geven, drukte hij op beide bellen op de deurpost. Hij overtuigde zichzelf ervan dat hij hier was door zijn schuldgevoel, niet door iets anders.

Een kippige dame, vel over been, deed de voordeur half open. Ongemakkelijk begon Collins uit te leggen dat hij op zoek was naar Stella, dat hij haar al meerdere malen had geprobeerd te bereiken maar dat hij geen gehoor kreeg. De voordeur ging verder open, het dametje knikte. Stella had haar telefoon opgezegd vanwege de kosten, als het dringend was gebruikte ze haar lijn. 'Ik zal aankondigen dat er bezoek voor haar is. Wie kan ik noemen?' Ze liet hem wachten in het trappenhuis, ze was zo licht dat hij amper het aanraken van de treden kon horen. 'Loop maar door,' zei ze toen ze weer verscheen.

Bovengekomen klopte hij op de enige deur die hij zag in het halfdonkere trappenhuis. Collins hoorde gestommel, het duurde lang voordat de deur werd geopend. Daar stond ze, mager en stil, met twee strepen over haar wang. Haar lange zwarte haar verborg alleen het litteken op haar slaap. Ze liep op krukken, vreselijk langzaam, met een vertrokken gezicht. Elke beweging leek haar lichaam te kwellen. Verbijsterd door haar toestand begroette hij haar voorzichtig en vroeg of hij binnen mocht komen. Ze knikte. Ze hing meer op haar krukken dan dat ze stond, hij moest zijn best doen om niet in haar blouse te kijken. Voor haar ranke verschijning had ze te zware borsten, dat was Collins in het ziekenhuis ook al opgevallen. Hij schaamde zich voor zijn gedachten. Haar werktafel was bezaaid met studieboeken en papieren. Of hij stoorde, vroeg hij voorzichtig, waar ze niet op reageerde. Eerst dacht hij nog dat het met het ongeval te maken had, maar nu ze opnieuw amper reageerde op wat hij zei, leek het of ze in een vreemd vacuüm verbleef. Hij begon zich te verontschuldigen, hij had haar de afgelopen weken wel gebeld maar nooit gehoor gekregen. Daarom kwam hij eens langs, hij was toevallig in de buurt, loog hij.

Ze vond het aardig dat hij even dag kwam zeggen, zei ze. Daarna wierp ze hem tot zijn opluchting een glimlach toe, waardoor haar gezicht tot leven kwam. Traag begaf ze zich vanaf de kamerdeur terug naar haar woonkamertje, Collins deed zijn best om zijn medelijden te verbergen. Toen ze stil stond, zag hij haar bleke huid glanzen, alsof ze na een grote inspanning tot rust moest komen.

Hoe was het mogelijk dat hij te stom was om iets zinnigs uit zijn mond te krijgen? Hij dwong zichzelf iets te zeggen om de stilte op te vullen. 'Kan ik iets voor je doen?'

'Mijn tentamen maken, misschien?'

Collins probeerde te lachen. 'Heb je nog veel pijn?' God, wat had hij een hekel aan mensen die naar de bekende weg vroegen.

Stella knikte, terwijl ze zich met moeite op de bank

liet zakken. Eenmaal zittend liet ze haar vingers een paar opvallende bewegingen in haar nek maken, zeker een minuut lang. Collins ging naast haar zitten.

Hij wilde zo graag met haar praten maar wist niet waarover, alles wat hij over haar te weten was gekomen kwam van een verpleegster. Eigenlijk kende hij dit meisje niet, en toch voelde hij een rare verbondenheid. Kwam dat alleen door het gedeelde moment, door die paar seconden waarin zij tot slachtoffer werd gemaakt en hij zich de dader had gevoeld? Stella doorbrak de stilte. 'Nu je hier toch bent, wil ik je wel wat vragen.' Ze kon zich maar weinig van die avond herinneren en in het ziekenhuis had ze de kracht niet om het te vragen. 'Wat is er precies gebeurd?' Collins wist niet dat een stem zo kwetsbaar kon zijn.

Hij zette een ernstig gezicht op maar voelde zich sterker worden, op dit punt kon hij haar helpen. 'Het was noodweer,' ving hij aan. Het stortregende, stormde zelfs, de wind was zo sterk dat hij bij uitzondering had besloten een taxi te nemen. Voetgangers haastten zich de straten door, riepen taxi's of verscholen zich voor windstoten achter stilstaande auto's, terwijl het verkeer doorraasde.

Stella staarde hem aan.

'Je wilde nog gauw oversteken,' zei Collins, 'mijn taxichauffeur kon niet meer remmen.' Hij gebaarde hoe ze opzij was gevallen door met zijn arm een zijwaartse beweging te maken.

Voor het eerst sloeg Stella haar ogen neer, en weer

legde ze haar hand in haar nek, vlak boven haar schouder.

'Ik ben uitgestapt maar het lukte me niet om je te verplaatsen. Je gezicht bloedde, ik pakte mijn zakdoek maar in het donker zag ik niet goed waar de wond zat. Ik probeerde je gezicht schoon te maken, om te zien of je reageerde met je ogen. Al snel kwamen er mensen om ons heen staan, waarschijnlijk heeft een van hen een ambulance gebeld. Twee broeders hebben je opgetild en meegenomen en ik zei dat ik mee moest, dat ik bij het ongeval betrokken was. Er was nog geen politie, en ik had geen enkel bewijs, de taxi was doorgereden, de chauffeur zou ik niet meer herkennen als het me werd gevraagd.'

Stella knikte en bekeek hem. Hij zag haar ogen over zijn lichaam glijden maar probeerde zich te concentreren.

In de wachtkamer was hij in een noodtempo door zijn sigaretten heen geraakt, en er was niemand die hem ook maar iets kon vertellen over haar toestand. Bij het terugdenken aan die wachtkamer graaide hij naar een sigaret in zijn jasje, die hij zonder aarzeling opstak. Stella bekeek hem met een kalmte die vooral de kloof tussen hen beiden weergaf. 'Ondertussen wist ik dat er op me werd gewacht, maar dat kon me niets schelen. Ik voelde me verantwoordelijk voor het ongeluk, terwijl ik niet eens achter het stuur had gezeten. Absurd hè?' Collins probeerde een bepaalde lichtheid aan te brengen in zijn betoog, maar wist niet of hij dat overtuigend deed.

'Ja, absurd, je had er niets mee te maken.'

Hij knikte, hoewel hij het er niet mee eens was. 'Het moet ruim een uur geduurd hebben voordat er eindelijk een verpleegster naar me toe kwam om te vragen of ik even mee wilde lopen. Er stond een arts aan je bed, die vroeg of ik je vader was.' Collins lachte schaapachtig, om Stella aan te geven dat hij die vraag gênant vond, hij had niet zo'n oude lul willen zijn vergeleken met haar. 'Hoe dan ook, de arts vertelde dat het naar omstandigheden goed met je ging. Je lag aan de apparatuur en je moest gauw geopereerd worden, je hele linkerzijde vertoonde botbreuken, van je schouder tot je heup en naar beneden.'

Bij deze opmerking leek Stella ineen te krimpen, maar slechts voor een fractie van een seconde. Ze hernam zichzelf en knikte.

Na het korte gesprek met de behandelend arts had Collins zich afgevraagd wie hij moest waarschuwen, op de hoogte brengen van het incident, van de toestand waarin ze verkeerde. Maar hij kon niets vinden, geen gegevens, zelfs de verpleegster die in Stella's handtas had gekeken trof niets aan waar ze wijs uit konden worden. Dat ze zo jong was dat het zeker van belang was om haar ouders te verwittigen, daarvan was Collins zich bewust, maar hij wist niet hoe hij hen zou kunnen vinden.

'En misschien had je wel een vriend, zo'n mooie jonge vrouw heeft natuurlijk een geliefde.'

Hij doofde zijn sigaret en ontweek haar blik, keek nerveus rond in haar kleine appartementje, eigenlijk was er niets anders dan het woonkamertje waar ze zaten, en achter een deur een kleine kamer waar haar bed moest staan. Koken deed ze in deze ruimte, tenminste, er was een gootsteen en een tweepits gasfornuisje, maar als ze het nooit gebruikte geloofde Collins dat ook. Of ze wel voor zichzelf kan koken, veranderde hij van onderwerp. Ze knikte met een bijna geamuseerde blik in haar ogen, zag hij dat goed? Maar omdat ze er niet op inging, voelde Collins zich genoodzaakt verder te vertellen hoe het was gegaan.

Ze was nog diezelfde avond naar de operatiekamer gebracht, vertelde hij, de chirurgen zouden proberen te repareren wat ze konden. Intussen was haar hoofd ook ingezwachteld en had Collins begrepen waar dat bloed in de regen vandaan was gekomen, ze had een flinke hoofdwond achter haar slaap.

Stella bracht haar vlakke hand naar haar hoofd. Dat ze daar vaak pijn heeft, zei ze, al was de wond goed genezen. Opnieuw werd hij geraakt door de zuiverheid van haar stem. Nadat hij iets te lang naar haar volle lippen had gestaard, wendde hij zijn gezicht af. Hij had zo chronologisch mogelijk verteld en was er tot zijn eigen genoegen in geslaagd om zichzelf in een bijrol te plaatsen. Strak voor zich uitkijkend dacht hij wat hij nog meer zou kunnen zeggen. Moest hij Stella vertellen over hoe hij de volgende dag weer gewoon naar zijn werk was gegaan? Hoe hij daarna thuiskwam, zijn vrouw kuste, zijn kinderen omhelsde? Hoe het die dag schitterend weer was geweest, dat de stad straalde alsof er de avond ervoor niets was gebeurd?

'Komt het door de littekens?' vroeg ze.

Hij draaide zijn hoofd gauw terug. 'Wat?'

'Dat je me niet aan durft te kijken.'

Hij was afgedwaald, meer niet, hoe kwam ze erbij, ze was een prachtige vrouw, met of zonder littekens. Ze had een schitterend gezicht, benadrukte hij terwijl hij naar haar onweerstaanbare mond keek die onbeschadigd was gebleven. Ineens realiseerde hij zich hoe weinig betekenis littekens hebben.

Stella glimlachte als een schoolmeisje en zijn spanning zakte weg. In de hoop langer te kunnen blijven, vroeg hij of hij iets te drinken voor haar kon halen. Ze legde uit waar hij glazen kon vinden, en een fles sap, veel meer had ze niet in huis. De benedenbuurvrouw, aan wie ze haar huur betaalde, nam steeds wat boodschappen voor haar mee. Daaraan had ze altijd genoeg. Voor het eerst werd haar stem een tikkeltje harder, waarom hij niets te drinken nam, vroeg ze verontwaardigd. Collins schonk sap in haar glas en zei dat hij niet hoefde, al was hij dorstig van het traplopen en praten, hij wilde het voor haar bewaren. 'Anders moet ik je buurvrouw weer op pad sturen,' grapte hij.

'Ik bof met haar, ze is lief voor me,' benadrukte Stella.

Hij had een hekel aan buren, liet hij zich ontglippen, altijd al gehad. Zodra de buurman vroeger aanbelde werd Collins naar boven gestuurd door zijn moeder. Dan werden de schuifdeuren met glas-in-loodramen dichtgeschoven en hoorde hij zijn stem desondanks bulderen door het huis, soms ving hij zijn eigen naam op. 'En toch begroette hij me altijd vriendelijk als ik buiten was,' zei hij. 'Ik heb nooit iets van die vent begrepen.'

Stella nam het glas aan, nam twee slokken en vroeg Collins of hij haar glas weer wilde neerzetten. Het beviel hem om haar te kunnen helpen.

Of hij al die tijd nog in het ziekenhuis was gebleven, vroeg ze ineens. Het moest toch uren hebben geduurd, die operaties en alles eromheen, was hij niet gewoon naar huis gegaan?

Hij keek haar lang aan, durfde zijn ogen nu niet meer van haar af te wenden. Na verloop van tijd was hij inderdaad weggegaan, maar hij had zijn gegevens achtergelaten bij de verpleging, zijn naam, telefoonnummer, zelfs zijn huisadres. Hij wilde zeker weten dat ze hem konden bereiken als het nodig was. De volgende dag zou hij terugkomen. Dat het pas in de middag was, omdat hij 's ochtends een belangrijke verzamelaar moest ontvangen, vertelde hij toen niet aan de verpleegster en nu niet aan Stella.

Die gedachte aan het veilinghuis leidde hem direct af, daar hoorde hij nu te zijn. Hij was vertrokken zonder tekst en uitleg aan Lucie te geven. Ze was verbaasd, hij vertrok zelden zonder verklaring. Hij had zijn jas en hoed gevraagd en meegedeeld dat hij pas aan het eind van de dag zou terugkomen. Lucie had hem vragend aangekeken, waardoor hij zich toch niet liet dwingen om iets te vertellen. Ze wierp nog een blik in zijn agenda, die meestal op haar bureau lag en zei dat er geen afspraken instonden. Hij had haar toestemming niet nodig en zei haar gedag. Met zijn jas over zijn arm, zijn tas en hoed in zijn hand verliet hij het veilinghuis.

Hij wist niet hoe lang hij nu al bij Stella was, het was niet fraai om op zijn horloge te kijken, maar Collins voelde zich verplicht nog terug te gaan naar kantoor. Vertwijfeld over de tijd vroeg hij of hij haar niet te veel ophield, ze zat waarschijnlijk te studeren toen hij onaangekondigd langskwam. Stella liet haar hoofd heen en weer bewegen, het was geen duidelijke nee maar ze had blijkbaar geen haast.

Collins vond het knap dat ze doorstudeerde, doorzette. Anderen in haar situatie hadden de handdoek misschien in de ring gegooid, zei Collins, maar Stella liet zich niet zo makkelijk complimenteren. Ze had altijd al de journalistiek in gewild, zei ze, en nog steeds dacht ze dat het mogelijk was om van het schrijven te leven. Alleen twijfelde ze over het interviewen, het te zijner tijd op pad kunnen gaan, of ze daar weer toe in staat zou zijn, maar ze zou ervoor gaan. De journalistiek had haar altijd al gefascineerd. Journalisten maken het nieuws, beïnvloeden het volk, kleuren verhalen in en sturen meningen aan. Het was van jongs af aan haar passie geweest.

Het verbaasde hem dat Stella niet zuinig was geweest met antwoorden, integendeel. Eerst had hij nog gedacht dat haar stilte een gevolg was van het ongeluk, dat er iets beschadigd was geraakt waardoor ze niet sprak, maar nu drong het tot hem door dat ze lang de kat uit de boom had gekeken.

Nadat ze uitgebreid over haar ouders hadden gesproken, en ze verteld had dat zij alle vertrouwen in haar herstel hadden, verjaagde Stella Collins, die graag in haar nabijheid wilde blijven. Wel was hij opgelucht dat ze niet naar zíjn ouders had gevraagd. Hij zou zijn standaardverhaal moeten afdraaien, dat ze in Europa wonen en dat hij in z'n eentje naar Amerika was verhuisd. Juist dat aspect, dat hij alleen naar Amerika was gestuurd, vinden mensen altijd interessant. Daar vragen ze dan over door. Ja, het was spannend en ja, hij had het wel moeilijk gevonden om zijn familie te verlaten. Dat dat eigenlijk wel snel wende, liet hij achterwege. Het was vooral zijn vader die hij graag vaker had gesproken. Hij had hem in die tijd meer willen vertellen over wat hij leerde op de faculteit, zijn vader zou trots geweest zijn op de kennis die hij opdeed. Ze belden wel regelmatig maar de kosten waren hoog en de gesprekken daardoor kort. Zijn vader vroeg altijd of hij wel genoeg geld had en of hij wel goed at. Zijn vader had voor hem gezorgd als een moeder.

'Ik moet verder aan mijn artikel,' zei Stella. Collins schrok op en verontschuldigde zich, zijn gedachten waren afgedwaald. Hij realiseerde zich dat wat hij over zichzelf verzweeg tegen zijn vrouw en op zijn werk, en tegen Blanca, hij misschien wel aan dit meisje zou willen vertellen. Maar dat deed er nu niet toe.

Hij stond op en vroeg of hij nog iets voor haar kon betekenen. Ze schudde haar hoofd en bedankte hem. Als ze zich bedacht, kon ze hem bellen, hij zou boodschappen voor haar kunnen doen. Ze was wel jong maar niet kinderlijk, realiseerde hij zich toen ze zweeg. Ze dacht zichtbaar na, wendde haar blik van hem af en stond moeizaam op. Toen ze op haar krukken stond, viel zijn oog weer op haar borsten. Hij dwong zichzelf er niet naar te kijken, een onmogelijke opdracht vanwege haar openstaande knoopje. Hij wilde nog zoveel aan haar vragen, van haar te weten komen, maar het was duidelijk tijd om te vertrekken.

'Ik meen het, je kunt op me rekenen.' Wat een belachelijke opmerking, dacht hij, ze kenden elkaar amper.

'Ik voel me niet graag slachtoffer,' zei ze. Stella leunde op een kruk en depte met haar vrije hand haar wang, alsof ze zich bewust was van haar glanzende huid. Die opmerking had hij niet verwacht, dat gevoel had hij haar niet willen geven. 'We kunnen over journalistiek praten, of wat dan ook, de volgende keer.' Sukkel, dacht hij. Wat een afgang, zoiets voorstellen terwijl je al bij de deur staat.

Ze wierp hem een vriendelijke glimlach toe. 'Ik vond het leuk dat je even langskwam.'

Waarom zei ze dat? Meende ze dat of was ze alleen beleefd? Het bleef stil in het halletje. Misschien moest hij haar binnenkort gewoon opbellen. Stella raakte zichtbaar vermoeid van het lang in haar krukken hangen, ze begon te draaien met haar nek. Telkens als ze haar nek en lange haren een tikkeltje achterover gooide, werd hij in haar hals gezogen. Hij rechtte zijn rug, knikte en zette langzaam zijn hoed op. Gauw vroeg hij nog naar het telefoonnummer van de benedenbuurvrouw.

Collins besloot nog even niet in een taxi te springen. In de frisse lucht probeerde hij de beelden van haar kamertje vast te houden. Hoe was het mogelijk dat een verzwakt lichaam zoveel kracht uitstraalde? Hij kon haar gelaatsuitdrukkingen maar met moeite ontcijferen, treurige werden afgewisseld door sprankelende. Ze had iets ongrijpbaars.

Hij zag haar mond weer voor zich, onder haar spitse neus, haar lippen die zelfs zonder iets te zeggen reageerden op wat hij vertelde. Waarom had ze dat gevraagd, over het ongeluk? Wilde ze het oprecht weten of wilde ze hem controleren? Of was ze misschien ergens op uit, om hem later alsnog aan te klagen?

Nee, het was wonderlijk dat hij daar überhaupt aan dacht. Ze had geen vragen gesteld die daarop hadden gewezen. Ze had ook geen persoonlijke vragen gesteld. Gelukkig maar. Hoewel, zou hij het erg gevonden hebben als ze dat wel had gedaan? Hij twijfelde ineens aan alles en begon te zweten in zijn pak, eigenlijk was deze wandeling in de zon geen goed idee.

Ineens wilde ze hem weg hebben, had ze geen geduld meer voor hem? Eerst was hij welkom, later werd het prettig, maar ineens was het tijd om te vertrekken. Hij had geld bij zich gehad, absurd, wat dacht hij daarmee te doen?

Collins had last van een onbestemd gevoel dat hij

lang niet had gehad. Hij liep de hoek om en probeerde een taxi aan te houden. Drie chauffeurs reden door zonder te stoppen, een vierde minderde vaart. Zoals bij elke taxi die hij sinds het ongeluk was ingestapt, bekeek hij ook nu weer de chauffeur. Toen hij eenmaal zat, haalde hij diep adem. Er zat niets anders op dan naar zijn werk te gaan.

Zijn vrouw had gebeld om te vragen of hij op tijd zou zijn voor de dansvoorstelling van hun dochtertje en Lucie gaf hem nog drie losse papiertjes, telefoontjes die ze niet had kunnen afhandelen. Altijd kwam ze weer met die verdomde papiertjes aanzetten.

Hij nam alles mee naar zijn kamer, duwde de deur achter zich dicht en gooide de papiertjes op zijn bureau. Zijn jas en hoed hing hij over de stoel en hij bleef voor zijn raam staan, vanaf deze hoogte zag de stad er heel anders uit. Hij had een hekel aan zijn kantoor, maar wist dat hij niet moest klagen. De Amerikaanse droom. Als jongen werd hij hierheen gestuurd om een leven op te bouwen, hij hoorde het zijn vader weer zeggen, om op eigen benen te staan. En kijk waar die benen nu staan, boven in een kantoorpand in een van de belangrijkste kamers van een prestigieus veilinghuis. Zijn vader kon trots zijn.

Hij opende zijn kamerdeur en vroeg Lucie om zijn vrouw te bellen, om door te geven dat hij de dansvoorstelling niet meer zou halen. Lucie leek iets te willen zeggen maar sloot haar mond weer en knikte.

Hij zag de tirade van zijn vrouw al aankomen, maar dat kon hem even niets schelen. Hij zou haar nooit vertellen waarom hij niet op tijd kon zijn.

Hij droeg zijn jas over zijn arm en voelde aan zijn voorhoofd of hij koortsig was. Sinds de middag werd hij door een vreemde warmte bevangen. Thuis hing hij zijn hoed aan de kapstok en legde zijn jas slordig neer, die zou Blanca wel ophangen. Hij had geen zin met haar te praten en liep door naar de woonkamer voor een borrel, nam het glas mee naar de slaapkamer en zette het op zijn nachtkastje. Hij plofte op bed – god, wat hield hij van de uitzonderlijke momenten waarop zijn gezin nog niet thuis was.

Nog geen kwartier later klopte Blanca op zijn slaapkamerdeur. 'Binnen,' zei hij, draaide zich op zijn zij en keek haar aan. Haar werkdag zat erop, ze ging vertrekken. 'Tot morgen,' reageerde hij traag, terwijl zijn hand een halve zwaai maakte. Blanca vertrok en Collins sloot zijn ogen; hij zag Stella's borsten bewegen. Haar lange haren om haar gezicht, de lippen die hij niet mocht aanraken. Ze wierp haar krukken op de grond en hij hoorde muziek. Ze liep niet, ze zweefde. Ze begon zelfs te dansen, haar hele lichaam bewoog en hij nam haar vast. Ze gebood hem even te wachten, eerst nog naar haar te kijken. Hij kon zijn verlangens niet langer in toom houden en liet zijn handen om haar middel glijden. Hij kuste haar en besloot dat hij haar nooit meer zou laten gaan.

Beide kinderen besprongen zijn bed. Zijn zoontje trok

aan zijn arm terwijl zijn dochter tegen hem aan kwam liggen. Hij zag zijn zusjes, die met hem speelden op bed, die bij hem kropen met honderdduizend kusjes op zijn voorhoofd en op zijn buik, hij giechelde, totdat zijn vader binnenkwam en zei dat ze hem met rust moesten laten. Hij zag nooit in dat ze gewoon met hem speelden. Collins veegde met zijn hand over zijn gezicht, hij kuste zijn dochtertje en vroeg hoe de voorstelling was gegaan. Waarom hij er niet was, vroeg ze. Door al het werk was hij te laat thuis gekomen, 'maar volgende keer ben ik er bij,' beloofde hij.

Collins stak een sigaret op. Hij bood de verzamelaar tegenover hem er ook een aan maar die weigerde, hij was meer van de sigaren. Ook die had Collins liggen, in een sierlijke doos, maar de klant bedankte hartelijk. Ze bespraken verschillende periodes. De klant hield een lovend betoog over Fernando Botero, een schilder die hij zelf had ontmoet hier in de stad. Ja, dacht Collins afwezig, dan ben je al snel enthousiast. Het ergerde hem dat de verzamelaar hem probeerde te overtuigen van de schoonheid van de serie dikke vrouwen. Collins keek altijd met een open blik, hoefde nu niet over de streep getrokken te worden; 'Iedere vorm dient gerespecteerd te worden,' hoorde hij zijn vader hem nog inprenten.

Collins was heel positief over de serie, verzekerde hij de man. Hij begon niet aan de discussie die hij al met collega's had gehad over Botero's verhoudingen tussen billen en borsten. Collins wist wat hem te doen stond, hij kende zijn *annual target*, er viel hier iets te halen. Hij moest meteen toeslaan, zich concentreren op zijn werk, maar ook vandaag viel dat zwaar. Het was nu twee weken na zijn bezoek aan Stella en nog steeds dwaalden zijn gedachten constant af. Waarom liet ze hem niet met rust?

Hij telde de dagen, haar te vroeg opbellen zou opdringerig zijn. Hij moest en zou met haar afspreken. Al wist hij dat het verstandiger was om nooit meer terug te gaan.

De verzamelaar, een stuk ouder dan hij, zei dat hij graag met Collins over de impressionisten sprak en complimenteerde hem met zijn brede kennis. Collins glimlachte, hij vond het niet meer dan normaal om je te verdiepen in de kunstenaars die je bewonderde. Met die instelling was hij grootgebracht: hij had zijn eigen vader veel over kunst horen praten, vertelde hij. 'Mijn vader kon urenlang over zijn Jacob Maris en Breitner vertellen. Ik zie ze zo weer voor me, alsof ze hier na al die jaren gewoon aan de muur hangen.'

Of hij die doeken nog weleens had teruggezien in het veilinghuis, vroeg de man geïnteresseerd.

Collins schudde zijn hoofd. Sommige van die Nederlandse schilders, Maris of Israëls, deden het goed op de lokale markt, maar kwamen eigenlijk nooit in Amerikaanse veilinghuizen terecht.

De verzamelaar begon enthousiast te vertellen over zijn eigen voorkeuren en favorieten. Collins knikte zo nu en dan instemmend, en zag zijn ouderlijk huis weer voor zich, met overal schilderijen aan de wanden. Zijn vader was eigenlijk gedreven in alles wat hij deed, bedacht hij. Daar zat zijn vader weer, in de fauteuil naast de theetafel met het blauwwitte porselein erop, om zich heen te kijken en af en toe iets aan te wijzen. Dan vertelde hij over de Israëls die hij bij Van Wisselingh had gekocht of over andere aankopen, altijd weer dezelfde verhalen. Zo leerde Collins elk doek in huis kennen, op een uitzondering na. Duur was het allemaal nog niet, wist Collins nu. Hoewel er oprechte bewondering voor de kunstenaars uit de woorden van zijn vader sprak, was zijn ondertoon altijd streng geweest.

Misschien had dat niet eens speciaal met kunst te maken, dacht Collins, was het gewoon een bepaalde toon waarmee zijn vader zich tot anderen richtte. Het was met diezelfde strengheid dat zijn vader hem ook naar de Verenigde Staten had gestuurd. Collins zou er op zijn plek zijn en zich goed kunnen ontwikkelen, had zijn vader hem meegedeeld. Dezelfde Amerikanen die ooit Europa kwamen bevrijden, zouden zijn zoon de vrijheid geven die hij nodig had. Collins zag niet zoveel in die redenering maar ging de uitdaging aan. Dat ze elkaar daarna niet meer zagen, kon nooit de bedoeling zijn geweest.

Het gebeurde steeds vaker, ook vandaag weer toen hij onderweg naar huis was, dat Collins zich op de een of andere manier in zijn vader verplaatste, of moest denken aan de tijd dat Collins als kind ongeduldig wachtte tot hij thuis was om met z'n allen aan tafel te gaan. Maakte hij nu dezelfde fouten? Collins wilde niets liever dan bij zijn kleintjes zijn, hij begreep eigenlijk niet waarom hij zich soms afzijdig hield. Hij kon het afschuiven op Ellen, maar was dat wel eerlijk? Ooit had hij haar begeerd, verteld dat ze het dierbaarste was in zijn leven, zijn Eltje, en hadden ze samen van een toekomst gedroomd. Hij kon zich er niets meer bij voorstellen. Was zij zo veranderd of had het met hemzelf te maken? Als ze zich mooi had aangekleed om 's avonds uit te gaan, dan zag hij haar schoonheid weer, haar rossige bos haar om haar gezicht, haar smalle lange vingers die ze charmant in haar handschoenen liet glijden – daar hield hij nog steeds van. Maar in hun gesprekken stuitten ze steeds weer op dezelfde blokkades. Dat Ellen niet is blijven proberen meer tot hem door te dringen, was natuurlijk net zo goed zijn schuld. Leek hij op dat gebied op zijn vader? Sloot die zich ook zo af? Als klein kind was het hem niet opgevallen, maar later zag hij dat zijn ouders nog amper met elkaar praatten. Er waren zelfs geen ruzies meer zoals in zijn kindertijd, toen de buurman zijn naam riep en hij werd weggestuurd, en zijn ouders daarna met de deuren gooiden en schreeuwden.

Collins had flarden van herinneringen. Zijn moeder gedroeg zich altijd hetzelfde, ze zorgde voor haar kinderen, en ze verzorgde ze. Maar er was iets met die buurman, zat hij misschien achter haar aan? Hij maakte woede los bij zijn vader. De meeste herinneringen had Collins aan zijn vader, die hem met een bepaalde trots bekeek die Collins eigenlijk nooit begreep. Het voelde vaak alsof hij het hoe dan ook goed deed, in zijn vaders ogen. Dat gaf hem vertrouwen, zelfs soms de indruk dat hij hem het liefst had, of verbeeldde Collins zich dat? Nee, zijn zusjes hadden het ook wel eens gezegd. Misschien is zo de verwijdering met zijn zussen ontstaan? Ze hadden zich over zijn studie beklaagd, hij hoort het Margriet zo weer zeggen, de opbrengst van de schilderijen was voor zijn studie in Amerika, dat vond ze niet eerlijk. Hij kon haar daar geen ongelijk in geven: de bezittingen werden verkocht om hem kunstgeschiedenis te laten studeren, de meisjes studeerden niet. Hij liet het veilinghuis achter zich, liep een zijstraat in met een hand op zijn hoed en vroeg zich af waarom zij die kans nooit hadden gekregen. Zijn moeder daarentegen hield zich juist meer met zijn zusjes bezig, hij zag haar altijd geduldig een melodietje neuriënd hun haren uitborstelen.

Het waren beelden die alleen nog in zijn herinnering bestonden. In zijn verhalen bestond er geen buurman, bestond er geen ruzie; er was een oorlog waar hij niet veel van wist, er waren liefdevolle ouders. Hij liet zijn lieflijke zusjes bestaan, al spraken ze elkaar de afgelopen jaren amper.

Zijn oudste zus heeft hem letterlijk verweten dat hij het lievelingetje van hun vader was – alsof je daar een kind verantwoordelijk voor kunt houden. En hun moeder, die heeft het altijd gevoeld, waardoor ze hem juist minder aandacht gaf. Zijn vader had er goed aan gedaan om hem naar het buitenland te sturen, was dat zijn achterliggende gedachte? Stuurde hij hem weg omdat hij voelde dat zijn moeder zich liever met de meisjes bezighield? Nee, dat is raar, dacht Collins, zo gaat dat nou eenmaal met moeders en dochters. Maar hij voelde dat hij geen keus had. Nooit had zijn vader gevraagd wat hij zelf wilde, het was een opdracht. En een belofte. Als kind nam Collins al alleen zijn vader in vertrouwen en vertelde 's avonds in bed dat hun naam in kwade liedjes werd gebruikt door sommige kinderen op school. Collins voelde zich onveilig totdat zijn vader hem over zijn hoofd aaide en geruststelde, later zou hij er geen last meer van hebben, beloofde hij. Als hij klaar was met school, zou dat allemaal voorbij zijn. Op een dag was het zover. 'Je gaat in Amerika studeren,' had hij gezegd. Diezelfde stem klonk soms nog door de telefoon, altijd met een pijnlijk hoorbare vermenging van gemis en trots. Regelmatig vroeg zijn vader bezorgd of hij zich niet in politiek mengde, een vraag die altijd uit de lucht kwam vallen, en telkens weer antwoordde Collins dat hij niets met politiek van doen had. Dan hoorde hij opluchting in zijn vaders stem. Ze spraken verder niet over de wereld, maar over de kunst. In die gesprekken vroeg Collins zelden naar zijn moeder, hij dacht meestal dat ze de deur uit was.

Afgezien van die korte telefoongesprekken met zijn vader had Collins eigenlijk maar weinig behoefte aan zijn familie. Sinds de dag waarop Ellen zijn eerste kind had gebaard, was zijn band met Europa aan het verdwijnen. Hij hield van zijn Amerikaanse bestaan, en het paspoort van zijn dochter gaf hem een bevrijdend gevoel. Op de dag van haar geboorte hield Collins meer van zijn vrouw dan ooit. Ze had in hem geloofd, hem geholpen zijn bestaan op te bouwen. Met haar steun kon hij zijn eerste baan in het veilinghuis met beide handen aannemen, de plek waar hij zich zo goed kon ontwikkelen. Hij zweeg over zijn leven in Nederland, over zijn vader; niemand hoefde te weten dat hij tijdens de oorlog met kunst werkte. Ellen had hem geholpen om een persoonlijkheid te worden, een man rijk aan kennis en inzichten, iemand van belang. Het deed hem goed dat hij niet meer met zijn achtergrond geconfronteerd werd: alles was fris en nieuw, Amerika voldeed aan de verwachtingen.

Thuisgekomen begroette hij Blanca, overhandigde haar zijn hoed en zijn jas en liep door naar de woonkamer, waar Ellen en de kinderen al aan tafel zaten. 'Wat ben je laat,' zei ze nors, en hij kuste haar op haar hoofd. Hij was niet laat. Hij had zich al lang geleden voorgenomen om dit specifieke verwijt positief te interpreteren; ze vond het fijn dat hij thuis was. Hij waste zijn handen in het fonteintje bij het toilet, waar de zeepjes op kleur lagen gesorteerd, afgestemd op de handdoekjes – arme Blanca, die rekening moest houden met al die eigenaardigheden van zijn vrouw. Hij nam plaats en vroeg zijn dochtertje hoe het op school was gegaan. Zijn zoon antwoordde voor zijn beurt, waar Collins niet op inging, het ging altijd op leeftijd. Een eenvoudige regel. Hij luisterde aandachtig en genoot van hun onsamenhangende verhalen. 'En hoe was jouw dag?' vroeg hij Ellen, die ontevreden keek. Haar kappersafspraak was uitgelopen waardoor ze te laat bij Saks Fifth Avenue kwam. Daar had ze met Sheila afgesproken om samen een 'rondje' te doen.

Sheila, die kon gevaarlijk zijn, haar man werkte bij Collins op kantoor. Als hij weer een keer lang weg zou blijven, als hij ooit weer naar Brooklyn zou gaan, dan zou hij dat kunnen merken. Daar zou hij voor moeten waken. Maar voorlopig viel er niets te verzwijgen, hij durfde Stella niet eens te bellen. Ellen vertelde door, over haar lievelingsmerken in het warenhuis, terwijl Collins alleen maar dacht aan het meisje in haar minuscule appartementje in Brooklyn.

Terwijl hij van een kippetje beet en naar zijn kinderen luisterde, drong het tot hem door dat deze situatie niets met overspel te maken had. Hij had wel vaker de kans gehad en daadwerkelijk genomen om het met een andere vrouw te doen, dan was het een kwestie van spanning en de gelegenheid die het toeliet, maar dat had hem nooit in de weg gezeten. Drie, vier keer was dat voorgekomen, hij kon zich niet eens meer precies de namen van de hotels herinneren waar hij toentertijd was geweest. Ellen had er nooit last van gehad, ze had het te druk met zichzelf en haar bezigheden. Ze leek tevreden met de tijd die hij haar schonk. Wel behoedde hij zich voor gezeur aan zijn hoofd, één vrouw was meer dan genoeg – die vrouwen mochten hem na afloop niet meer contacteren. Hij wilde er geen last van hebben. Dit was duidelijk anders.

Collins kloof nog aan het kippenpootje waar eigenlijk niets meer vanaf kwam. Zijn zoon prikte met zijn vork in de handpalm van zijn zusje. 'Laat elkaar met rust!' riep Collins uit. 'Anders ga je van tafel en is er geen maaltijd voor jou, begrepen?'

Zijn zoontje knikte geschokt.

'Laat toch een keer gaan,' suste Ellen, die duidelijk nooit begreep waar hij last van had. Ze wist niet hoe hij en zijn zusjes na de oorlog werden gepest. Collins zag zichzelf weer met zijn fiets aan de hand naar huis lopen, een lekgeprikte fietsband aan het einde van de dag was niet ongewoon. En een schooltas vol aarde, daar keek hij ook niet van op. En nooit, maar dan ook nooit, werd hem thuis uitgelegd wat eraan ten grondslag lag. Dat het onterecht was, zei zijn moeder altijd. 'Papa hield zich alleen maar met kunst bezig.' Zijn vader beaamde dat en voegde eraan toe dat kunst ons van de werkelijkheid bevrijdt. En dan ging zijn vader over naar de toekomst, hij keek liever vooruit. Hij kwam steeds vaker met die belofte op de proppen, dat hij er later, als hij groot zou zijn, geen last meer van zou hebben.

Na het snelle ingrijpen werd het weer rustig aan tafel en at iedereen netjes door. Collins vroeg om meer saus. Hij wilde bij Stella zijn. Belachelijk. Er schoot een rilling over zijn rug, alsof hij voor zichzelf huiverde.

Geen Brooklyn tijdens lunchtijd, hij had zich voorgenomen wat meer tijd aan Ellen te besteden. Bellen dan misschien, zou hij Stella wel even kunnen bellen? Om te vragen hoe het met haar gaat, hoe ze vordert, of het studeren er wel van komt. Nee, dat zijn stomme vragen, wat moet ze in godsnaam met een oude vent?

Hij had al te vaak op zijn horloge gekeken de laatste dagen, te vaak moeten concluderen dat hij Stella met rust moest laten. Het was zo'n dag dat hij zich kleiner voelde dan hij was. Met zijn één meter negentig voelde hij meestal dat zijn eigen lichaam nogal aanwezig was, maar een enkele keer in het jaar voelde hij zich vreselijk klein. Al bij het aankleden in de ochtend kon dat gevoel hem overvallen, waardoor hij de hele dag moeite had met zichzelf, zonder te weten waarom.

Of er ook dagen waren waarop hij zich groter voelde dan hij was, vroeg hij zich af op weg naar het veiling-huis. Tegen het middaguur vertelde hij Lucie dat hij buiten de deur ging lunchen.

Hij zag nieuwsgierigheid in haar ogen. Heel even liet hij haar in onzekerheid, daarna vertelde hij dat hij met zijn vrouw had afgesproken, niets spannends dus.

Collins drukte het liftknopje in, om het gebouw door te vliegen op weg naar de vrouw in zijn leven die hem niet gelukkig maakte, maar dat lag niet aan die vrouw.

Hij vertelde Ellen over zijn ochtend, over een schitterende Renoir die ze in huis hadden gekregen. Hij had er met een paar collega's lang naar gekeken. Het meisje op het doek kamt haar prachtige lange haar, met haar blik op oneindig. Er zit een bepaalde traagheid in het doek, het kammen wordt haast voelbaar. Dat Collins bij dat lange haar aan zijn zusjes moest denken, liet hij achterwege. Ellen luisterde aandachtig en zei dat ze het fijn vond, zo even samen tussen de middag. Dat was wat hij wilde horen. Wat ze precies fijn vond, maakte hem niet zoveel uit. Na drie kwartier moest hij weer aan het werk, hij gaf haar een kus op haar wang en stak een sigaret op.

Doordat er zeker zes weken overheen waren gegaan, reageerde Stella verbaasd. Alsof ze moest bedenken welk gezicht ook alweer bij deze naam hoorde. Maar haar toon was tamelijk vriendelijk en ze beantwoordde zijn vragen. Ja, het ging goed met haar en ja, ze ging redelijk vooruit. Daarna viel het gesprek stil. Hij wilde haar graag weer eens een bezoek brengen en boodschappen voor haar meenemen. Stella lachte, de benedenbuurvrouw deed nog steeds haar boodschappen en alles was naar wens. 'Maar als je in de buurt bent, kun je altijd even gedag komen zeggen.'

Collins leunde met zijn ellebogen op tafel. 'Dat zal ik doen,' zei hij. Hij was teleurgesteld: hij had er intussen zoveel weken overheen laten gaan, nu wilde hij een concrete dag kiezen, een tijdstip. Haar stem voedde zijn verlangen. Hij verzon een afspraak in Brooklyn. Of overmorgen haar uitkwam, vroeg hij. Hij voelde zich een schooljongen die voor het eerst een meisje aansprak. Koeltjes zei ze dat het goed was, ze zat gewoon thuis te studeren.

Hij liep nerveus door zijn kantoor. Zei ze dat uit beleefdheid? Hij snakte naar een sigaret.

Hij droeg een duur pak, maar voelde zich een oud vod in haar jonge ogen. Ze leek iets vlotter te lopen, al hing ze nog altijd in een kruk. Ze steunde op haar andere been, en het feit dat ze een arm vrij had, scheelde enorm. Hij zei dat ze er goed uitzag. Dit keer droeg ze een coltrui, zou ze dat met opzet hebben gedaan? Collins zag hoe de stof spande om haar borsten. Hij zocht naar de woorden die hij onderweg eindeloos had herhaald, maar kon ze niet meer vinden. Hij durfde niet te dicht bij haar te komen, zelfs een kus als begroeting liet hij achterwege. Hij ergerde zich aan zijn gejaagdheid, terwijl zij juist zo kalm overkwam. Ze droeg haar lot, ze liet zich niet uit het veld slaan door haar situatie. Trots verkondigde Stella zelf thee te kunnen zetten, wilde hij een kopje?

Hij wilde haar. 'Een glaasje water graag, dank je.'

Stella kon iets in haar handen houden. Ze blonk van trots toen hij die vooruitgang opmerkte. Ze vroeg of hij zijn afspraak in de buurt al had gehad of dat hij daar nog heen moest – hij had die afspraak natuurlijk al achter de rug. Ze schonk twee glazen vol, Collins nam ze mee naar de bank.

Al wist hij niet waarom ze naar die afspraak had geïnformeerd, toch voelde hij zich nu iets meer op zijn gemak. Hij was naast haar gaan zitten en vroeg naar haar studie. Daarna zag hij haar mond bewegen maar drongen de woorden niet meer tot hem door.

Zijn glas was leeg en hij hoorde zich over zichzelf praten. Hij kon zich niet herinneren wanneer hij voor het laatst zo over vroeger had verteld, hij voelde dat zijn handpalmen begonnen te zweten. Stella had haar harmonieuze jeugd in een paar zinnen samengevat, zonder broers en zussen had ze zich altijd de prinses in huis gevoeld. Ze streek met haar handen door haar lange haar. Hoe hij dan hier terecht was gekomen, in Amerika. Hij wilde meer water drinken. Of hij zijn familie mist. Hij trok zijn schouders op. Voor het eerst sinds zijn verblijf in Amerika had hij niet de behoefte om zijn antwoorden meer kleur te geven dan het had.

Hij had veel aan zijn ouders te danken, vertelde hij, zo niet alles. Hij moest de kunst ook dankbaar zijn: na de oorlog hadden zijn ouders hun schilderijen verkocht, het geld opzij gelegd en daarmee later zijn reis en studie bekostigd. Het was eigenlijk een kleine collectie, maar met liefde door zijn vader verzameld. 'Een stuk of vier, vijf schilderijen, maar blijkbaar waren ze wel wat waard. Zo goedkoop zijn die studies hier niet,' zei hij lachend. Hij vertelde hoe zijn vader van kunst had gehouden, hoe hij zelfs uitgebreid kon vertellen over doeken die hij maar kort gezien had, iets wat hij altijd al knap had gevonden.

Over de oorlog had Stella wel wat gelezen, maar ze had nog nooit iemand gesproken die er getuige van was geweest. 'Dat je dat hebt meegemaakt!' zei ze met lichte bewondering in haar stem. 'Meegemaakt is een te groot woord,' corrigeerde hij haar. Hij was een kind in de oorlog, het ging grotendeels langs hem heen.

'En die verschrikkelijke verhalen over de moord op

Joden, weet je daar iets van?' vroeg ze zonder schroom alsof ze een werkstukje voorbereidde.

'Waar ik woonde, in een soort buitenwijk, leefden überhaupt geen Joden,' antwoordde Collins, die onwillekeurig zachter ging praten. 'Dat speelde meer in de grote stad, daar kwamen wij nooit.' De oorlog werd meestal verzwegen door zijn ouders, al leken sommige van hun ruzies erover te gaan. Hij zag zijn moeder weer voor zich met haar lange blonde vlecht die dag in dag uit op dezelfde manier op haar rug hing. 'Ik was nog een kind,' herhaalde hij.

Hij verzweeg de rol van zijn vader, en besefte tegelijkertijd dat hij de precieze functie van zijn vader eigenlijk nooit goed had begrepen. Het gepest had daarmee te maken gehad, zijn zusters hadden dat vaak gezegd, maar zijn vader was altijd zijn vader gebleven. En Collins had zelfs met hem te doen, nadat de oorlog voorbij was, werd hij steeds vaker door nachtmerries geplaagd. Maar hij was geen verrader, wist Collins. Want verraders worden opgepakt, had zijn moeder na de oorlog vaak gezegd. Collins had een duidelijk beeld voor zich van zijn vader die aan de grote houten eettafel zit met stapels papieren, alsof hij rekeningen opstelde, maar als Collins dichterbij kwam, zag hij dat het lijstjes waren, opsommingen, vellen vol, die zijn vader onmiddellijk omdraaide als hij doorhad dat zijn kind daar stond. Collins dacht er liever niet aan terug. Ineens was daar Amerika, een Joodse vrouw en een schone lei.

'Eigenlijk ontmoette ik hier pas voor het eerst Joodse

mensen,' voegde hij eraan toe. 'Ik ben christelijk opgevoed, maar ik heb er niets mee.' Stella was altijd al atheïstisch geweest, net als haar ouders. Als er al sprake was van een religie was dat de muziek, zei ze. Pas nu Collins zijn ogen weer over haar lichaam liet glijden, realiseerde hij zich weer dat ze slecht ter been was.

Ze is een vrouw die voor elke man de zonde waard is, dacht hij. Zou ze zich ervan bewust zijn? Zou ze daaraan twijfelen nu ze slecht loopt? De artsen hebben niet willen garanderen dat ze ooit weer normaal kan lopen, maakt dat haar kreupel? Collins bleef haar aanstaren, wat haar blijkbaar niet stoorde; ze zat duidelijk op iets te broeden.

Ze vroeg of hij zijn moedertaal nog vaak sprak. Hij schudde zijn hoofd en ging direct door op taal in het algemeen, over de verschillen tussen mensen die zich wel of niet in hun moedertaal kunnen uitdrukken. Hun gesprek bracht ze vanzelf steeds weer naar nieuwe onderwerpen, alsof ze van de ene dans in de volgende overgingen, zonder zich te veel te bekommeren over het verleden of de toekomst. Volgens Stella zouden verschillende moedertalen beperkend werken in een relatie, omdat er dan per definitie een laag van verdieping ontbreekt. Collins vroeg of hij werkelijk zo oppervlakkig was overgekomen. Ze lachten samen, tot Collins' oog op de wandklok viel.

Met moeite stond hij op. Ook Stella hees haar lichaam uit de bank, de pijn was van haar gezicht af te lezen. Ze bleven lang voor de deur naar de gang staan, hij kuste haar traag op haar wang. Ze lachte en zwiepte haar losse haar naar achteren.

Collins haastte zich de straat op, hij liep sneller dan normaal. Er ging maar één gedachte door zijn hoofd, door zijn lijf. *Niet doen.* Een vrouw beminnen was nog te overzien, maar deze gesprekken waren gevaarlijk, hij kon zichzelf niet meer verbergen. Hij was er al bang voor geweest, hij had niet terug mogen gaan maar voelde tegelijkertijd een zaligheid door zijn lichaam stromen. In haar appartementje heerste haar wereld van rust en diepgang. Hoe was het mogelijk dat zo'n jonge vrouw daarover beschikte? Hij had haar niet eens aangeraakt. Ja, die kus, voor vertrek. Hij moest verstandig zijn, hij mocht zijn leven niet verknoeien. Op deze vrouw verliefd raken was eenvoudig, hij was vast niet de eerste en zeker niet de laatste die hier tegen vocht, hij hoefde het alleen maar aan zichzelf toe te geven. En toch was het een gevoel dat hij niet kwijt wilde. Collins vloekte binnensmonds.

Lucie sprong op met haar lijstje van gemiste telefoongesprekken, maar Collins luisterde amper. Ze mocht naar huis gaan als ze wilde, hij zou zelf zijn jas en hoed wel pakken als hij klaar was. Lucie bedankte hem en vertrok.

Hij schonk zichzelf een borrel in en nam plaats achter zijn bureau, waar verschillende foto's klaarlagen voor in de catalogus. Lucie had er een briefje op geplakt, een verzoek ter goedkeuring, maar zijn hoofd stond niet naar werken. Nu ze weg was, kon hij ongegeneerd z'n schoenen op z'n bureau leggen. Ineens bekroop hem de angst vanuit zijn buik. Als hij zich tegen Stella zou verzetten was hij haar kwijt.

Waarom had ze naar de oorlog gevraagd? Ongewild kwamen de gedachten aan zijn vader weer boven, aan zijn politieke ideeën. Zo erg kan het niet geweest zijn, zijn moeder had gelijk, er was alleen maar sprake van een geldboete, niet van een veroordeling. De partij had zijn vader 'alleen maar geld gekost', zoals zijn moeder dat noemde. Maar waarom dan die liedjes en pesterijen? Waarom mochten we niet meespelen op het grote plein? 'Speel met je eigen soort,' hoort Collins een jongetje uit de straat weer roepen. Waarom werd papa er nooit boos om als ze het thuis vertelden? Het leek of hij erin berustte. Maar wat had hij gedaan? Hij ging naar vergaderingen met papieren in zijn tas en hij kwam weer met papieren naar huis. En hij hield zich met kunst bezig, omdat dat zijn passie was, zei hij altijd.

Collins stond op en liep zijn werkkamer uit. Bij het passeren van de andere kamers voelde hij paniek opkomen. Zou er ooit eentje op het idee komen om eens uit te zoeken waar die Hollandse collega precies vandaan komt? Wat er was voordat Collins kunstgeschiedenis kwam studeren? Zou iemand zich daar ooit in verdiepen? Met grote haast verliet hij het gebouw. Buiten kwam de wind hem tegemoet, hij drukte zijn hoed op zijn hoofd. Wat zei dit over hem? En Ellen, zou zij het ooit ontdekken? Wat zou ze doen? Het was maar goed dat ze allang niet meer doorvroeg, maar als het op een andere manier aan het licht komt, heeft hij er dan iets mee te maken? Collins liep langs winkels en etalages die hem niet bekend voorkwamen, mensen begroetten hem zonder dat hij ze kon plaatsen, hij glimlachte terug, en schrok ineens van de hoeveelheid lucht die uit een rooster kwam midden op straat, het verkeer reed eromheen, hij hield afstand. Collins voelde zich onveilig, hij had nooit meer teruggedacht aan die papieren, hij voelde de benauwdheid toenemen, maar misschien kwam dat door die enorme luchtstroom, er hingen dikke walmen boven het wegdek. Collins liep nog dichter langs de gebouwen, onder de onbekende luifels door, over lopers die niet voor hem bestemd waren. Wat was er nog wel voor hem bestemd? De beklemming kwam terug. Net als toen op school en op straat voelde Collins zich nergens meer veilig. Hij versnelde zijn pas. Hij was op weg naar zijn kinderen, alleen dat was nog belangrijk. Maar misschien had zijn vader er net zo over gedacht.

Hij mocht nooit meer terug naar Brooklyn, wist hij, terwijl hij zijn hoed in zijn hand hield. Het was een gevecht tegen de wind.

Hij kuste Ellen op haar mond. Ze vroeg hoe zijn dag was geweest. Hij antwoordde kort en aaide zijn kinderen over hun wangetjes, hij wilde weten hoe het met ze ging. Ze hadden weer ruzie gehad, nadat Jessica's pop door zijn zoon was gemolesteerd. Of dat klopte, vroeg hij Ellen. Ze knikte. Collins stuurde Harry direct naar zijn kamer. 'Het zijn maar kinderen,' probeerde ze nog, maar Collins was vastberaden. Hij waste zijn handen en haalde diep adem. Tijdens het afdrogen zag hij voor zich hoe Stella haar haren naar achteren zwiepte. Hij wilde haar aanraken. Zijn dochtertje vroeg of hij naast haar kwam zitten. Hij zat nog niet of ze fluisterde dat ze toch dacht dat God een meisje was.

Lucie drong aan, het klonk belangrijk. Ze verbond het binnengekomen telefoontje door naar zijn kamer. Wist Stella waar hij werkte? Tot zijn verbazing hoorde hij de stem van Blanca. Mevrouw was niet thuis en er was gebeld.

'Is alles goed met de kinderen?'

'Ja,' antwoordde ze, er was niet door school gebeld. 'Het was voor u.' Ze had het nummer opgeschreven, het is heel lang, zei Blanca.

Collins noteerde het en herhaalde het voor de zekerheid.

'Die vrouw zei verder niets, niet eens haar naam.'

'Het is goed zo,' hij bedankte en hing op.

Het was een Nederlands nummer, en niet van zijn ouders. Een vrouw, zou het een van zijn zusjes zijn? Hij sprak ze nooit, hij zou het nummer niet herkennen. Hij haalde zijn voeten van tafel en ging rechtop zitten. Het is daar vreselijk vroeg in de ochtend, dacht hij.

Onmiddellijk herkende hij de stem van zijn oudste zus. Ze sprak verward, allerlei onafgemaakte zinnen door elkaar heen, er was geen touw aan vast te knopen. Dat er een ongeluk was gebeurd, drong langzaam tot hem door. 'Rustig, Sooph,' zei hij, verbaasd dat hij haar na al die tijd nog net zo noemde als vroeger. Ze kalmeerde niet. 'Mama,' herhaalde ze snikkend. 'Ze hebben het niet overleefd.'

Hij sloeg zijn hand voor zijn mond. Was ze in de war? Hij stond op, hield zijn zus aan de lijn, en ging weer zitten. 'Je bent in de war.'

Ze werd woedend. 'Ik bel je om te vertellen wat er is gebeurd, klootzak.'

Collins slikte. Waar het dan was gebeurd, vroeg hij. 'Vlakbij, echt vlakbij,' herhaalde ze luid. 'Gisteravond.'

'Reden ze zelf?'

'Nee, ze liepen, ze zijn aangereden, vanuit het niets.'

'Jezus!' Zijn hoofd zonk in zijn handen. Hij kon het niet meer opbrengen met haar te praten. Sophie zei dat ze over twee dagen begraven zouden worden.

Hij beloofde zo snel mogelijk naar Nederland te komen. 'Fijn,' zei Sophie, en het klonk oprecht.

Nadat ze hadden opgehangen, staarde hij naar de catalogus op zijn bureau. Hij moest naar buiten.

'Zo terug,' was alles wat hij tegen Lucie zei. In de lift naar beneden voelde hij een akelige misselijkheid opkomen. Hij haastte zich het pand uit, bang om te kotsen. Buiten bleef hij stilstaan, met de blik van de portier op hem gericht. Collins deed moeite zijn gedachten te ordenen, zijn maag kwam niet tot rust. Zijn zus was niets veranderd, niet in staat om normaal te vertellen wat er was gebeurd. Hij begreep weer waarom hij haar nooit sprak. Collins ging op de stoep voor het gebouw zitten. Of alles wel goed ging, vroeg de portier. Prima, antwoordde Collins en bleef bewegingloos voor zich uit staren.

Tot drie keer toe kreeg hij geen gehoor bij Stella. Hij wilde zo gauw mogelijk naar huis om stappen te kunnen ondernemen, maar eenmaal thuis zou hij haar niet meer kunnen bellen. De benedenbuurvrouw zal wel net boodschappen zijn gaan doen, dacht hij. Geërgerd draaide hij opnieuw haar nummer. Stel je niet aan, probeerde hij zichzelf te vermannen.

De kinderen zaten net met z'n tweeën in bad, zoals ze dat het liefst hadden. Toen Ellen het nieuws hoorde en een hand voor haar mond sloeg, vond Collins haar alleen maar overdreven reageren, zoals altijd. Hij zou de eerst mogelijke vlucht nemen, zei hij. Ellen knikte. 'Wat een drama,' verzuchtte ze, zonder zijn ouders ooit gekend te hebben. Het kwam eigenlijk wel prima uit dat hij ver weg van zijn familie leefde, maar op dit moment vond hij het vreselijk pijnlijk.

Nog voordat hij had besloten hoe hij dit aan de kinderen zou vertellen, had Ellen ze verteld dat papa op reis ging voor zijn werk. Het ontbrak hem aan de kracht om zich er nog tegen te verzetten, om meer uitleg te geven. Al kenden zijn kinderen zijn ouders niet, hij vond het vervelend dat de kleintjes dachten dat hij dagen weg zou zijn voor zijn werk. Collins liet het erbij en legde drie schone overhemden en een trui in zijn kleine koffertje. Hij pakte ondergoed, sokken en een riem uit de la. Zijn kostuum liet hij hangen tot vlak voor vertrek. Op weg naar de badkamer stak er iets in zijn maag. Stella wist niet dat hij wegging.

Koud zweet bedekte zijn lichaam. Zijn trui hielp niet. Hij kon niet eten. Alles leek terug te komen, alsof hij elk moment ging braken. Hij wist niet of het aan zijn maag lag of aan de vermoeidheid.

Zijn zusjes bekommerden zich niet om hem, hij moest zelf maar naar Haarlem zien te komen, er gingen meerdere treinen per dag. Hij had zich erbij neergelegd en wachtte nu tot het tijdsverschil het toeliet om Stella te bellen. Collins waste zich onder een hete douche met een zeepje van het hotel, hij voelde zijn hoofd duizelen. Het leek of er een waas voor zijn ogen hing. Trek of niet, hij moest iets te eten bestellen.

Het duurde bijna een uur voordat de soep met brood op zijn kamer werd bezorgd. Het is daar nu ochtend, dacht hij bij het aannemen van het plateau uit de handen van de serveerster. Na de eerste happen merkte hij dat het zout hem goed deed. Zijn maag verdroeg de warmte. Hij draaide haar nummer. De benedenbuurvrouw nam op. Ze gaf een blijk van herkenning en zou Stella halen, of hij even geduld had. Ze moest eens weten wat dat kostte per minuut, maar hij was bereid om uren te wachten.

'Hallo?'

Hij liet een stuk brood uit zijn hand vallen. 'Met wie spreek ik?' vroeg ze toen hij nog niets had gezegd.

Hij klonk benauwd toen hij zijn naam zei en probeerde te vertellen waar hij was. En waarom. Stella schrok. 'Een dodelijk ongeluk?' Collins wilde van alles zeggen en vragen maar zijn stem zat vast in zijn keel.

'Ben je daar nog?'

Met moeite stamelde hij 'ja'.

'Ben je oké? Is de reis wel goed gegaan?'

Collins zweeg. Met de mouw van zijn overhemd veegde hij zijn ogen droog. Waarom juist nu? Waarom brak hij nu? Wat moest ze wel van hem denken? Hij probeerde zichzelf te hernemen. Ze herhaalde zijn naam. Pas na enkele ogenblikken begon hij zich te verontschuldigen.

'Niet doen,' zei ze, 'het is goed.'

'Het spijt me,' zei Collins nog een keer. Beschaamd liet hij zijn hoofd in zijn hand zakken, hij begreep niet hoe het mogelijk was jezelf zo te verliezen. 'Ik had amper contact met ze, alleen mijn vader sprak ik soms.'

'Dat maakt niet uit, het zijn hoe dan ook je ouders.' Ondanks de afstand kon ze hem troosten. Het voelde alsof hij vastgehouden werd. 'Wacht op me, alsjeblieft,' zei hij. Het was geen vraag. Hij hoorde het lachje dat ze binnen hield. Of hij bij haar kon komen als hij terug was, vroeg hij. 'Natuurlijk,' zei ze. Hij had het kunnen begrijpen als ze hier geen geduld voor had, als ze niet met nog een ongeluk geconfronteerd zou willen worden. Ze namen afscheid, al wilde hij niet ophangen. Het was alsof hij nooit zonder haar was geweest.

Hij stond op en bekeek zijn gezicht. Schande, om je

zo te laten gaan. Maar er was niets aan te doen, met haar kon hij praten. En zwijgen. Bij haar mocht hij falen. Gestoord, dacht Collins, een meisje dat je zo kort kent. Hij nam zich voor om haar morgen opnieuw te bellen, als alles achter de rug was. Hij at zijn lauwe soep en hield een stuk brood in zijn hand.

Collins ging in bed liggen en zette zijn wekker. Hij moest wel op tijd zijn morgen.

Met het klokje nog in zijn hand viel hij in slaap.

Zijn ouders waren na het ongeluk naar het ziekenhuis vervoerd en daar werden ze nu gekoeld bewaard. De stoet zou daarvandaan vertrekken. Toch vroeg Collins of de taxichauffeur vanaf het station eerst nog even langs zijn ouderlijk huis kon rijden.

Hij stapte uit en bleef staan. Direct viel hem op dat de beuk links voor het huis was verdwenen. Zijn moeder had altijd geklaagd dat die beuk te veel licht wegnam uit de woonkamer. Nu zag hij inderdaad de ramen van de voorkamer. De dikke gordijnen in de woonkamer waren dicht. Hij had geen sleutel meer en er was geen tijd om naar binnen te gaan, en als die mogelijkheid er wel was geweest, wist hij niet of hij dat had gedaan. Hij keek naar de voordeur en wist dat zich daarachter een hoop had afgespeeld waar hij nooit weet van had gehad. Hij kon zien dat de deur ooit was overgelakt, er zaten vegen in, maar toch bladderde er verf. Hoog bovenin zat het vierkante raampje met het tralietje ervoor, nog steeds gebogen op dezelfde manier. Het tralietje tegen inbraak, had zijn moeder altijd gezegd. Hij was geneigd naar de voordeur te lopen, zijn hand in de holle ronde deurknop te leggen, vroeger paste dat precies. Het was een van de dingen waar hij zijn groei aan afmat, herinnerde hij zich nu weer, zijn vader glimlachte als hij hem dat zag doen. Papa, dacht hij. Hij voelde een rilling over zijn rug glijden. Terwijl hij stil bleef staan, knoopte hij zijn kostuum dicht.

Pas toen hij weer instapte, drong het tot hem door dat hij hem nooit meer iets kon vragen. Nooit meer iets kon zeggen. Hij bedankte de chauffeur en gaf het adres op van de begraafplaats. De chauffeur kende de plek en vroeg wat voor een accent hij had. Collins was verrast, hij kon zich niet voorstellen dat zijn lange afwezigheid hoorbaar was. Op de begraafplaats aangekomen betaalde hij en spraken ze af hoe laat de chauffeur hem weer zou komen ophalen – hij wilde niet afhankelijk zijn van zijn zusjes. Vanuit de taxi zag hij al meerdere bekenden, en mensen uit de buurt die hij zich maar vaag kon herinneren. Nadat hij was uitgestapt, knikte hij beleefd enkele heren toe, die zich leken af te vragen wie hij was. Sophie kuste hem, hij was blij haar te zien. Ook zij was alleen. Zijn andere zus liep een stuk verderop, naast haar man. Zijn vader vond hem een etterbak, wist Collins, hij had vaak over hem geklaagd. Sophie riep Margriet en haar man, die zich gelijk omdraaiden en stil bleven staan. Het oogpotlood van Margriet was al doorgelopen. Collins stelde zich voor aan haar man, waarna ze samen het kiezelpad opliepen.

Tijdens de wandeling naar de plek waar de kisten van

hun ouders in de grond zouden zakken, kibbelden de zusjes over de bloemen, hoe mama die had gewild. Collins mengde zich er niet in, zijn zussen hadden al die jaren veel contact met ze gehad, zij wisten beter wat hun wensen zouden kunnen zijn geweest. Al kon hij zich niet voorstellen dat zijn ouders daar al over hadden gesproken, daar waren ze eigenlijk nog te jong voor. Zijn zwager, die best leek mee te vallen, sprak met Collins over het ongeluk, de ernst van de zaak, hoe ze waren aangereden terwijl ze overstaken – wat alcohol al niet teweeg kan brengen, zei hij.

'Is de bestuurder aangehouden?'

Nee, dat was er nog niet van gekomen, hij was doorgereden en niemand had het nummerbord kunnen zien. Of het eigenlijk uitmaakt wie het was, vroeg Collins zich af. Zijn zwager vertelde hoe het was gegaan, hoe de auto met een noodvaart op hen was ingereden. Zijn vader was op slag dood, zijn moeder was pas in het ziekenhuis overleden.

Margriet en Sophie hadden hun woordenwisseling bijgelegd en liepen gearmd over het pad, vlak voor Collins, tergend langzaam achter de kisten aan.

Bekenden van hun ouders verzamelden zich op verschillende plaatsen, hij zag een groepje mensen al verderop bij de graven staan, terwijl achter hen op het pad ook nog werd gelopen en er zelfs nog mensen arriveerden. Van enkele mannen wist hij dat ze ook bij de partij hadden gezeten, waren dat altijd maatjes gebleven? Collins bekeek ze en vond zijn vader niet bij mensen met verkeerde ideeën passen, maar misschien denken alle kinderen van zulke mannen dat wel. Zouden zij wel ooit veroordeeld zijn geweest? Of waren ze ook met een geldboete weggekomen? Collins had geen idee welke functies er allemaal waren. En het was zo lang geleden, hij moest zich er niet in verdiepen. Zeker nu niet. Een dubbele begrafenis had zijn zwager nooit eerder meegemaakt, zei hij bijna opgewekt. Inderdaad een etterbak, dacht Collins.

Het kiezelpad hield op, Collins en zijn zusjes liepen samen naar het gat in de grond.

Starend naar het diepe graf drong het tot hem door dat zijn zussen hadden besloten om hun ouders in een familiegraf te begraven. Hij wist niet hoe hij daarover dacht maar dat was nu ook niet meer van belang. Een aantal heren kwam hem de hand schudden, betreurde de situatie en condoleerde hem. Collins reageerde nauwelijks op de woorden van buurtbewoners en vrienden. De zoon die niemand kende condoleren was een formaliteit. Hij stond rechtop met zijn handen achter zijn rug. In afwachting van het ter aarde bestellen, keek hij om zich heen. Er waren gezichten bij die hij nooit eerder had gezien. Hij had het benauwd. Het was beklemmend weer, warm zonder zon. Het was juni maar nog geen zomer. Het was vast nog licht toen zijn ouders werden aangereden.

Er werd op zijn schouder getikt.

Hij wist het meteen. De buurman. Een van de weinigen die hem nog helder voor de geest stond.

Henk schudde Collins de hand en leek opgetogen hem weer te zien. 'Jongen, wat fijn dat je er bent,' zei hij. Collins glimlachte maar was vertwijfeld. Waarom was hij hier? Voor zijn moeder? Zouden ze dan toch ooit iets gehad hebben samen? Hij was hartelijk tegen Collins, zoals vroeger. God, wat was die man oud geworden, maar hij sprak nog op precies dezelfde manier, al fluisterde hij nu een beetje. Henk bleef staan en klopte hem nog eens op zijn schouder. Collins zei dat hij het bericht niet kon geloven, hij woont in Amerika en werd door zijn zus gebeld. Hij kon amper nog ademhalen. 'Het is verschrikkelijk,' beaamde Henk, zonder er verder op in te gaan.

'Op klaarlichte dag, dat is toch niet voor te stellen?'

Henk keek hem vragend aan. 'Het zal wel al wat geschemerd hebben. Denk er maar niet te veel over na, jongen,' zei hij terwijl hij zijn hand nu vriendschappelijk op zijn schouder liet rusten. Een paar meter achter Henk stond een dame die hen duidelijk in de gaten hield. Ze droeg een grote zwarte hoed die deels over haar gezicht viel. Zijn zusjes vroegen Collins iets dichterbij te komen, het was tijd om bij hun ouders te zijn.

Eerst verdween zijn moeder de aarde in, Collins sloot zijn ogen. Hij verdroeg het niet om te zien hoe ze de kist in de grond lieten zakken, hier was hij niet tegen opgewassen. Hij opende zijn ogen bij het horen van de naam van zijn vader. Er werd een psalm uitgesproken, waarna ook zijn kist verdween. Het begon hem te duizelen, hij probeerde ergens anders naar te kijken. Hij voelde zich wankel, was bang om te vallen. Met zijn wijsvinger droogde Collins zijn ooghoeken en zette enkele kleine stappen achteruit. In de afgelopen minuten had hij niet gemerkt dat er mensen vlak achter hem waren komen staan. Toen hij nog een stap zette, botste hij tegen iemand aan. Hij verontschuldigde zich; het was dezelfde vrouw die hem net stond te bekijken.

Ze raakte zijn schouder kort aan, alsof ze wilde aangeven dat het goed was, de botsing was geen probleem. Ze keek meteen weer weg, maar nu had hij haar gezicht gezien.

Hij herkende haar. Hij wist niet waarvan. Hoorde ze bij iemand? Nee, ze was duidelijk in haar eentje.

Tijdens de wandeling terug over het kiezelpad voelde Collins zich sterker worden, niet meer duizelig, alleen zijn maag deed zeer. Misschien moest hij gewoon wat drinken.

In de ontvangstruimte praatte iedereen over het ongeluk. Dat dat toch zo maar kon gebeuren, terwijl je rustig oversteekt. Dat dat je lot is, hoe was het mogelijk. Een paar slokken water deden Collins goed, hij keek om zich heen. Er was eigenlijk niemand met wie hij wilde praten, op de buurman of die ene dame na – waar kende hij haar van? Hij zocht haar in de volle ruimte maar kon haar niet terugvinden.

Ruim een kwartier later, na een condoleance van een hem onbekend echtpaar dat hun waardering voor zijn vader uitsprak, stond ze pal voor hem. Ze hield haar hoofd een tikkeltje opzij.

'Dag, Otto,' zei ze.

Hij kon amper iets terugzeggen. Ook haar stem kwam hem bekend voor.

'Hallo,' zei hij vertwijfeld.

Ze legde uit dat ze een paar jaar naast hem had gewoond, heel lang geleden, en dat ze hem had zien opgroeien. Collins knikte begripvol maar kon haar toch nog niet helemaal plaatsen. Het leek of hij haar vaker had gezien, ook later nog. Ze condoleerde hem, waarna het gesprek stilviel. Ze maakte geen aanstalten om te vertrekken.

'Gek is dat,' zei Collins, 'ik dacht dat ik u van iets anders kende.'

Ze schudde haar hoofd. 'Alleen de eerste jaren van je leven.' Ze glimlachte, haar onderlip trilde licht. Hij bekeek haar gezicht en wist niet wat hij moest zeggen. Voorzichtig haalde ze haar handtasje tevoorschijn. Ze opende de ijzeren hendel en haalde er een klein, bruin etui uit.

'Kijk,' zei ze, 'dit ben jij.'

Collins zag een kleuter in korte geruite broek, op een oude, gerafelde zwart-witfoto.

'En dat ben ik, in mijn jonge jaren,' zei ze. Waarom zat hij bij haar op schoot? 'Je vader heeft die foto ooit gemaakt.'

Collins zag hoe de vrouw op de foto haar armen om hem heen hield, stevig, alsof ze bang was dat hij zou vallen. Ze zaten op een stoepje. Ze keken samen naar het fotootje, dat precies in haar handpalm paste.

146

'Is dat voor ons huis?' vroeg hij.

Ze keek voorzichtig opzij. 'Nee, ernaast,' zei ze. Collins keek naar de voordeur, die zag er inderdaad anders uit.

Pas toen Sophie dichterbij kwam, draaide de vrouw haar hand om, met de foto nog in haar palm.

'Hij is voor jou,' zei ze daarna.

Collins knikte en nam de foto aan, zonder te vragen of ze het wel echt kwijt wilde. Ze keken elkaar aan. Waarom leek ze zo aangedaan? Was ze zo goed geweest met zijn ouders? Waarom kende hij haar dan niet beter? Hij zag Sophie dichterbij komen en liet het fotootje in zijn broekzak glijden.

'Bedankt voor uw komst,' zei hij formeel, met zijn zusters op zijn hielen. Ze glimlachte, met haar hoofd nog steeds een tikkeltje schuin gehouden. 'Waar woon je eigenlijk?' vroeg ze ten slotte.

'In Amerika,' antwoordde hij, met zijn hand in zijn broekzak.

'Amerika is groot,' zei ze charmant.

'In New York.'

'Heb je het daar goed?'

'Heel goed, dank u.'

Ze sloeg haar ogen neer. Na een korte stilte keek ze hem weer aan. 'Fijn, heel fijn. Zorg alsjeblieft goed voor jezelf.' Weer zag hij de trilling van haar lippen.

'Ik doe mijn best,' antwoordde hij. Hij drukte zijn vingers stevig tegen het fotootje in zijn broekzak terwijl ze langzaam van hem weg begon te lopen. Hij wilde haar tegenhouden, in elk geval niet uit het oog verliezen, maar er stonden andere mensen te wachten om hem te condoleren. Collins wilde haar vragen nog even te blijven. Hij scheelde niet eens zoveel jaar met deze vrouw, ook op de foto niet. Hij zag haar nu met de buurman praten, daar kon hij straks nog bij gaan staan. Hij hoopte dat iedereen snel zou vertrekken.

Het volgende halfuur vol geroezemoes ging compleet aan Collins voorbij. Hij schudde handen, reageerde af en toe op vragen, maar voelde zich afweziger dan ooit. Tussendoor voelde hij aldoor of het fotootje nog in zijn broekzak zat. De vrouw zag hij niet meer. Ze had haar naam niet eens gezegd. Ook Henk, die toch groot en opvallend was, was vertrokken zonder dat Collins het had gemerkt.

De enige die bij de uitgang op hem stond te wachten, was de taxichauffeur. Zijn zwager nam zijn zussen mee, Sophie vroeg wanneer ze elkaar nog zouden zien. Collins zei dat hij vanavond laat al weer terug moest naar Amerika.

'Maar we hebben nog zoveel te regelen,' zei Sophie ernstig.

'Dat moet in eerste instantie telefonisch.' Als het nodig was zou hij over een tijdje nog een keer terug kunnen komen, maar deze week kon hij onmogelijk langer blijven.

Waarom hij de reis zo had gepland, wist hij eigenlijk niet. Hij kreeg de haast niet uit zijn lijf.

Sophie kuste hem teleurgesteld gedag.

Hij wilde haar nog iets vragen. 'Kende jij die vrouw die met de buurman stond te praten?'

Sophie knikte.

'Wie was dat dan?' vroeg hij.

'Zijn dienstmeid, vroeger.'

Collins knikte en draaide zich naar zijn andere zus. Ook Margriet nam met twee kussen afscheid van haar broer.

Hij liep een meter of twintig mee met zijn chauffeur, die de auto netjes verderop had geparkeerd.

Hij hield zijn hand in zijn broekzak.

Collins' bezetenheid kostte tijd maar gaf hem een ongekende hoeveelheid energie. Soms haastte hij zich naar Brooklyn om zelfs maar een halfuur bij Stella te kunnen zijn. Tijdens de eerste langdurige zoen, een dag na zijn terugkomst uit Europa, voelde hij de drang om haar volledig te bezitten. Hij was die middag stil binnengekomen, nog enigszins in de put van zijn heftige reis, toen ze zei dat ze blij was hem te zien. Ze was nog mooier dan hij zich kon herinneren. Ze droeg een te strak shirt en haar lange haren hingen los. Pas die middag verdween het nare gevoel uit zijn buik, waar hij sinds zijn reis naar Nederland mee had rondgelopen. Zonder erover na te denken was hij dicht bij haar gekomen, hij moest haar aanraken. Zijn handen hielden haar gezicht voorzichtig vast als iets kostbaars. Ze keek in zijn ogen zonder iets te zeggen. Hij had het zich niet eens voorgenomen, het ging vanzelf. Op het moment dat zijn lippen de hare raakten, voelde hij hoe hij zichzelf verloor. Zijn ogen vroegen of hij bij haar mocht blijven. Ze nam zijn hand vast, bleef tegen hem aan staan en beantwoordde zijn blik. Ze wilde weten hoe het met hem ging. Collins keek haar vragend aan.

'Na Europa, Otto, ik wil weten hoe het met je gaat.'

Collins nam haar mee naar de bank en ging dicht tegen haar aan zitten. Hij vertelde over de begrafenis, over zijn zussen, en haalde al snel het kleine fotootje uit zijn portefeuille, hij had het verder aan niemand laten zien. Nu was hij zijn beheersing volledig kwijt, hij praatte zonder angst. Stella luisterde. Pas nadat hij had verteld over de vrouw die hij niet kende, hield hij op. Ze drukte haar lippen zacht op de zijne. Die kus stroomde door zijn lichaam. Hij streelde haar gezicht. Stella glimlachte, terwijl ze zijn hand naar haar borst bracht. Hij streelde haar, haar harde tepel nodigde hem uit zijn mond over haar lichaam te laten glijden. Zelfs haar littekens kuste hij teder.

Toen Stella in alle rust bij hem lag met haar hoofd op zijn schouder, hield hij zijn benen half ingetrokken. Ze vroeg hoe hij aan die vreemde plek op zijn hiel kwam.

'Ik weet het niet, liefje.'

Hoe lang hij die plek al had, vroeg ze.

'M'n moeder zei altijd dat ik zo was geboren.'

'Wat gek,' zei Stella verbaasd. 'Het lijkt meer op een verwonding. Doet het pijn?'

Hij zei van niet en hield haar stevig in zijn armen. Met zijn vingers streelde hij haar nek waar ze zelf vaak haar hand tegenaan hield. Hij sloot zijn ogen. Stella ademde in zijn hals. Zo wilde hij de rest van zijn leven blijven liggen.

Enkele weken na zijn reis waarschuwde Stella hem. Als ze eenmaal weer op straat kon, zou ze veel minder thuis zijn, dan had het geen zin om zomaar langs te komen. Hij reageerde chagrijnig.

Het liefst gaf hij haar een straatverbod, hij wilde haar dag en nacht kunnen vinden. Maar hij probeerde er een positieve draai aan te geven: als ze eenmaal naar buiten kon, zouden ze ook samen wat kunnen ondernemen, mits het natuurlijk veilig was. Hij mocht nooit betrapt worden. Haar aanwezigheid zou invloed kunnen hebben op zijn carrière. Dat verwonderde Stella het meest, dat hij het over zijn werk had in plaats van over zijn gezin als hij bang was betrapt te worden. En die kindertjes dan? Hij had juist zo vaak gezegd dat zijn kinderen zijn alles waren. Dag in dag uit wilde hij ze zien opgroeien, hij wilde er voor ze zijn, dat was de grootste reden om niet weg te gaan. En dan toch dit? Je hart verliezen aan de andere kant van de brug? Als ze naar dat risico vroeg, benadrukte hij dat ze voorzichtig moesten zijn, zo ver moest het vooral niet komen.

Wat ze als eerste zou doen als ze weer over straat kon, vroeg hij. Stella lag tussen zijn benen op de bank, haar rug tegen zijn buik. Ze moest erover nadenken. Naar het café gaan stond hoog op haar lijstje. Ze miste haar studiegenoten, de sfeer van het uitgaan en de muziek.

Ze wilde ergens gaan dansen, al kon ze voorlopig nog slecht lopen. Zou hij dan met haar meegaan? 'Natuurlijk,' antwoordde hij, al wist hij dat hij op zo'n plek niets te zoeken had. Hij moest zichzelf niet verdachter maken dan nodig was. Hij kon het niet uitstaan, het idee dat ze zonder hem zou dansen in cafés, dat ze haar lange zwarte haren achterover zou gooien en andere handen om haar middel zou voelen. Zelf had hij andere ideeën, voor wanneer ze haar tweede kruk ook kwijt was en beter kon lopen. Thuis kon ze zich al bijna zonder krukken verplaatsen, en als hij bij haar was, droeg hij haar regelmatig. Als hij haar oppakte begon ze te giechelen. Hij genoot van die houding, haar armen zo stevig om zijn nek. Maar als ze weer makkelijker over straat kon, en niet het gevoel zou hebben dat iedereen haar aanstaarde omdat ze raar liep, zouden ze van alles kunnen ondernemen. Collins droomde ervan haar aan zijn zijde te hebben, haar rust en schoonheid continu met zich mee te dragen. Hij wilde haar meenemen naar een van zijn lievelingsgaleries in Manhattan, opperde hij, daar wilde hij haar over de kunstwerken vertellen, het liefst zou hij haar meenemen naar het veilinghuis. Zou dat ooit mogelijk zijn?

Weer haalde hij het fotootje tevoorschijn. Ook Stella was erdoor geïntrigeerd.

Voordat ze samen naar buiten gingen, gleden er nog enkele warme weken voorbij. In het begin had ze nog last van haar heup. Ze liet de beslissing aan hem over, het maakte Stella niet veel uit, ze was allang blij dat ze weer redelijk liep. Hij zag haar genieten van haar vrijheid, ze sprak af met medestudenten en vorderde goed met haar studie. Ze maakte zelfs al weer afspraken voor interviews, iets wat ondenkbaar was in de eerste maanden na het ongeluk. Collins vroeg zich af of mensen haar bekeken op straat, dat moet toch opvallen, zo'n jonge mooie vrouw die enigszins slecht ter been is? Stella glimlachte. 'Alleen mannen vragen ernaar, vooral om een gesprek aan te kunnen knopen.' Hij wilde er niets meer over horen.

Door haar drukkere programma kwam het steeds vaker voor dat hij haar een hele week niet kon zien. In het najaar besloot hij dat ze elkaar dan maar buiten haar appartementje moesten treffen. Hij wist waar ze graag verbleef, en nam het risico bepaalde cafés binnen te lopen om haar te vinden. Haar vrienden begonnen langzamerhand door te krijgen dat die man in pak echt iets met Stella te maken had, dus werden er geen grappen meer over hem gemaakt, of in elk geval niet in zijn bijzijn. Stella kon het wel hebben, zei ze, als haar vrienden haar dolden met haar vliegende Hollander, zoals ze hem hadden gedoopt. Ze hield haar liefde niet verborgen en zei zelfs regelmatig dat ze van hem hield. Ze liet zich door hem beminnen, ze konden uren samen praten, ze wilde zo veel mogelijk bij hem zijn. En ja, ze wist wat hij haar niet kon bieden.

Dat Stella hun eerste ontmoeting in een galerie, een paar blokken van zijn kantoor vandaan, spannend vond, zei ze de dagen eraan voorafgaand al. Niet alleen om hem te ontmoeten op een plek waar mensen hem kenden, maar ook om kunstwerken te gaan bekijken die voor onuitspreekbare bedragen aan de muur hingen. Ze kende kunst vooral van musea, dit was anders, Collins had verteld hoe mensen in galeries en veilinghuizen met pennen en blocnotes rondlopen, hoe ze hun brillen afzetten om het doek van dichtbij te kunnen inspecteren. Ze genoot zichtbaar van Collins' uitleg, van zijn kennis van de doeken en de schilders. Ze hield ervan hoe hij met zijn hand door zijn dikke haar streek als hij haar over een schilderij vertelde. Toen ze zei dat ze dat zo verleidelijk vond, werd hij ineens verlegen.

Collins raakte langzaamaan gewend aan hun affaire, die een onuitputtelijke bron van energie bleek te zijn, raakte gewend aan de korte telefoontjes vanaf kantoor, de stiekeme ontmoetingen tussendoor en zelfs aan het steeds weer afscheid moeten nemen. Ondanks die gewenning zorgde elke ontmoeting voor een dagenlang durend geluksgevoel, hij voelde dat hij leefde. Zo vertrouwd en veilig als bij Stella had hij zich nooit eerder gevoeld.

Het gevoel van eenzaamheid waar hij zich sinds zijn aankomst in Amerika als student bij had neergelegd, was diep weggezakt. Hij herinnerde zich hoe hij in het begin zijn familie had gemist, maar die ruimte had hij op weten te vullen. Daar had Ellen hem toentertijd bij geholpen. Sinds het ongeluk in Nederland dacht hij meer dan ooit, op een andere manier, aan zijn vader.

Hij hoorde zijn gedempte, bezorgde toon als ze met elkaar spraken en hij dacht aan de vragen die hij nooit had kunnen stellen. En aan Henk, en waarom hij op de begrafenis was – en aan zijn vroegere dienstmeid. Hij had amper met haar gesproken, maar nog steeds zag hij haar trieste glimlach voor zich. Een kinderfotootje kan toch niet zo'n invloed hebben?

Sinds zijn terugkomst voelde hij een toenemende behoefte om zich af te sluiten van zijn omgeving. Hij wist niet waar het aan lag, maar het was alsof hij ergens rondliep waar hij niet hoorde, alsof hij een buitenstaander was. Sinds die korte reis leek hij dichter bij zichzelf te staan en daarmee verder van zijn omgeving. Alleen bij Stella voelde hij zich op zijn plek. Steeds vaker praatten ze over het fotootje. Of hij die buurman misschien eens wilde opbellen, stelde Stella voor. Collins veegde dat direct van tafel. Hij verzette zich tegen een steeds groter wordende angst, die hij vooral voelde als hij langs de gesloten deuren van collega's liep. Stel dat ze zich niet met kunstvoorwerpen bezig hielden, geen catalogus zaten te maken, maar achtergronden naliepen, wat zouden ze dan over hem ontdekken?

Kwam het niet juist door de gesprekken met Stella, waarin hij zichzelf blootgaf zoals hij nooit eerder had gedaan? Zorgde de verwoording van zijn angsten voor een vergroting ervan? Alle vragen die Stella in de loop der tijd gesteld had, openden langzaam de gesloten deur naar zijn Hollandse jaren. Hij vertelde haar over de papieren op de tafel van zijn vader, de papieren links en de kunstboeken rechts. Je zou denken dat hij zat te studeren, maar hij maakte lijstjes. Als ik dichterbij kwam, dacht Collins, draaide hij de papieren om.

Voor het eerst drong tot hem door dat het werk van zijn vader hetzelfde was als wat Collins deed. Maar zijn vader deed het in opdracht van de partij. 'Ik moet me er niet zo in verdiepen,' zei hij. Ze knikte, er was geen haast. Hij nam haar hand vast en kwam meteen tot rust. Collins sloot zijn ogen en besefte dat zijn relatie met Ellen niets meer voorstelde. Maar hij was gezegend met zijn kinderen.

'Ik moet zo weer naar m'n kleintjes, liefje.'

Telkens weer overviel hem de angst dat ze daar genoeg van zou krijgen, een geliefde die steeds weer vertrekt. Ze hadden het er vaak over gehad, en ze had hem daarin nooit gerustgesteld. Integendeel, ze zou inderdaad op een moment zelf een gezin willen stichten. Hij wist dat hij haar dat niet kon schenken, maar hij wilde haar nooit verliezen. Hij begeerde haar intens, elke beweging die ze maakte, elke zin die ze uitsprak met zorgvuldig gekozen woorden. Nooit eerder had hij begrepen wat mensen bedoelden als ze met elkaar wilden versmelten, hij dacht dat het aanstellerij was, maar wat had hij zich daarin vergist. Urenlang streelden zijn vingers haar huid. Hij kende elk stukje van haar lichaam, elk moedervlekje, elk litteken.

Hij wist niet hoe hij het zover had kunnen laten komen, waarom hij zich er uiteindelijk bij had neergelegd. Hij was toch die succesvolle man? En dan toch zo zwak? Al die jaren niet in staat om thuis de koers te bepalen? Waarom was hij eigenlijk gebleven, alleen maar omdat hij niet weg durfde te gaan? Of door Stella, die hem niet weg wilde kapen? De kinderen waren volwassen. Harry was net advocaat, maar hij woonde nog thuis. Jessica had hij laten gaan, daarvan had hij spijt.

Jessica was verliefd geworden op iemand uit een lagere klasse, zoals Ellen dat noemde. Ellen had geëist dat ze er een punt achter zou zetten, alsof je dat nog kunt verlangen van een volwassen vrouw. Collins had geprobeerd Ellen te kalmeren, maar ze hield voet bij stuk. Die jongen kwam uit een verkeerde wijk en Ellen wilde geen tuig in huis, had ze schaamteloos tegen Jessica gezegd. De ruzies liepen steeds hoger op, tot Ellen zei dat Jessica niet meer welkom was in hun appartement achter Fifth Avenue. Ze hadden elkaar dingen toegeroepen die zich niet snel lieten terugnemen: Ellen was de moeder die nooit naar haar kinderen had omgekeken, en Jessica... Collins verdroeg het zelfs niet om eraan terug te denken. Dat ze een hoer was, had Ellen gezegd, hoe durfde ze dat woord in haar mond te nemen? Nog voor Collins thuis was gekomen, had Jessica haar spullen gepakt. Sindsdien had ze geen stap meer in hun appartement gezet. Collins probeerde met haar te praten, in cafés, in het park, op de hoek van een straat, maar Jessica was net zo koppig als haar moeder en er was geen sprake van dat ze haar dit ooit kon vergeven. Het 'tuig' was overigens al na een paar weken van het toneel verdwenen, maar het kwaad was geschied, zo zei Jessica.

Tot Collins geruststelling spraken zijn kinderen elkaar regelmatig, maar ook Harry slaagde er niet in om Jessica weer met haar moeder te verzoenen. Jessica kon zo vreselijk onverschillig kijken als je ernaar vroeg, terwijl er voor haar niets pijnlijkers was geweest dan dat gesprek met haar moeder. Niet de breuk, niet haar liefdesleven, nee, de vernedering van haar moeder had haar kapotgemaakt.

Tijdens een korte koffieafspraak zei Jessica tegen Collins dat ze zich inderdaad niet altijd even netjes had gedragen. Ze hield er de ene na de andere vriend op na, als tiener al, zei ze hem nu, met haar lepeltje roerend in haar koffie. Hij keek haar verbaasd aan. Dat wist hij niet, maar wat deed dat er nog toe? En dan nog, Ellen had die woorden nooit in haar mond mogen nemen. Ze had ze niet eens mogen denken. 'Je bent mijn dochter, wat je ook doet,' zei hij. Hij biechtte op dat hij zich schuldig voelde, hij moest de situatie redden, als er nog wat te redden viel. En dat hij stiekem met haar afsprak omdat hij thuis geen ruzie wilde, ook daar schaamde hij zich voor. Hij had last van zijn eigen zwakte, maar dat deed er nu niet toe. Hij was met zijn dochter en bekeek haar. Ze zei dat ze het wel best vond, dat hij gewoon een sukkel was die zich door haar moeder liet regeren. 'Ik kan me er niet meer druk om maken,' zei ze puberaal.

Ze had een bedieningsbaantje in het vijfsterrenhotel om de hoek van haar huurkamer, ook daar nam ze genoegen mee. Ze serveerde koffie en thee en ruimde de ontbijttafels af. Dat ze zelf vroeger aan zulke tafeltjes had mogen zitten, boeide haar allang niet meer.

Haar afstandelijkheid maakte het voor Collins en Harry steeds lastiger om contact met haar te houden. Ze had zelfs haar nieuwe adres, haar derde huurkamer in korte tijd, niet meer doorgegeven, en ook haar telefoonnummer konden ze niet achterhalen. Ze straft ons voor de loyaliteit aan haar moeder, dacht Collins.

Voorafgaand aan veilingen nam Collins altijd een uur om zich voor te bereiden. De veilingmeester moest dan wel het meeste werk doen ter plekke, maar als *Head of Impressionists & Modern Arts* was Collins verantwoordelijk voor zijn afdeling. Op de momenten waarop hij zich rustig terugtrok in zijn kantoor, greep hij de kans om Stella te bellen. Hij klaagde, luchtte zijn hart over Jessica en zij luisterde, Stella oordeelde nooit. Zelfs niet over de tirannie van zijn echtgenote. Zo was het gegroeid, had ze zelf ondervonden, en hij was nooit sterk genoeg geweest om zijn vrouw aan te kunnen. Of kwam het door zijn schuldgevoel vanwege hun affaire, dat hij daarom zoveel ruimte gaf aan zijn dominante vrouw? En Jessica? Heeft hij het verkeerde voorbeeld gegeven met het contact met zijn zussen en zelfs zijn ouders? Nee, dat was anders, ik verhuisde naar het buitenland, beantwoordde Collins zijn eigen vraag. Of had ik meer interesse moeten tonen voor mijn zussen?

Sophie had nog weleens gebeld. Ze had haar nieuwe telefoonnummer doorgegeven, ze was in Haarlem een paar straten verderop gaan wonen, maar hij had het adres niet eens genoteerd. Ook in de maanden na het ongeluk, toen zijn zusjes hun ouderlijk huis opruimden, jaren geleden, hield Collins zich afzijdig. Hij hoefde niets van de inboedel te hebben, en van het geld zou hij toch niets meer zien. Daar was hij van overtuigd, ze hadden altijd gezegd dat hij al bevoordeeld was.

Ellen had toch juist laten zien wat goede familiebanden zijn? Zij was goed met haar ouders, ze stonden niet voor niets in die afgrijselijke zilveren fotolijstjes in de woonkamer, ze maakten deel uit van haar leven. Jessica heeft dat toch gezien, meegekregen als kind?

Collins verwonderde zich over Ellens liefdevolle benadering jegens haar ouders, terwijl ze naar haar eigen dochter niet meer omkeek. Ellen had het vaak over de balans in je leven, aangepraat door haar peperdure therapeut. Collins vroeg zich af welk evenwicht er was tussen Ellen en haar dochter.

Op een donderdagmiddag kwam Collins vroeg naar huis. Blanca begroette hem en merkte op dat hij een beetje bleek zag. Ellen was naar een late lunch in de stad, zei ze. Collins voelde zich inderdaad niet goed, hij had een zwaar hoofd en last van zijn maag. Blanca vroeg of ze een kop thee voor hem kon zetten. Hij bedankte.

Duizelig stond hij te plassen, hij steunde tegen de

badkamermuur. Hij waste kort zijn handen en ging in bed liggen. Zijn ogen vielen dicht. Wat een puinhoop, dacht hij, hoe heeft het zo ver kunnen komen? Waarom gedroeg Jessica zich na al die tijd nog zo rebels? En Stella, haar missen deed zelfs fysiek pijn. Hij zag haar nog maar zelden, en hij mocht haar niet kwalijk nemen dat ze voor een ander leven had gekozen. Hij dacht aan de zachtheid van haar mond en draaide op zijn zij.

Aarzelend had hij die ochtend bij een grote bruine voordeur gestaan. Tussen drie bellen zocht hij de juiste. Hij wist dat ze verbaasd zou zijn na zo'n lange tijd. Zomaar aanbellen was zijn beste optie. Na een paar tellen zwaaide de voordeur open.

Daar stond het evenbeeld van zijn vrouw, zo had ze eruit gezien toen ze elkaar leerden kennen. Eltje, dacht hij. Ondanks het vroege uur zag ze er stralend uit. Verbaasd glimlachte ze hem toe.

'Papa?'

Hij kuste haar op haar bleke wang en ze liet hem binnen, alsof er nooit iets was gebeurd. 'Wat fijn, pap,' zei ze, 'ik heb je veel te lang niet gezien.' Hij zei dat hij het niet langer volhield, hij miste haar te erg. Harry had hem haar nieuwe adres gegeven. Hij kwam binnen in een woonkamer vol kleuren die hij nog nooit in een woonkamer had gezien. Veel rood en zelfs roze. Uit het meubilair leidde hij af dat ze kinderen had. Het drong tot hem door dat hij grootvader was van kinderen die hij niet kende.

Jessica vond hem er moe uitzien. Of het wel goed met

hem ging, vroeg ze. Hij had geen idee. Of hij haar dochtertje wilde zien, vroeg ze met ingehouden adem. Dat was meer dan waar Collins op had durven te hopen. Ze liepen naar een kinderkamertje.

'Je mag haar wel vasthouden,' zei Jessica. Hij schudde zijn hoofd, hij wilde haar niet wekken. Hij streelde zijn kleindochter over haar wangetje.

Een paar minuten later zette Jessica koffie en vroeg hem het hemd van het lijf. Ze wilde alles weten. Zelfs hoe het met Blanca ging. Ze mist ons misschien toch, hoopte Collins. Ze maakte geen ongelukkige indruk. Goddank.

Terwijl hij in zijn koffie roerde, keek hij zijn dochter aan, die met haar billen tegen het aanrecht leunde, haar mouwen over haar handen getrokken. Dat had ze nooit afgeleerd, dacht hij. Hij zei er niets over, dat had hij jarenlang tevergeefs gedaan.

Ik voel me al een stuk beter, verzuchtte hij terwijl hij zijn kopje na de eerste slok weer neerzette. Hij durfde niet te zeggen dat hij zich schuldig voelde. Hij had het niet beter gedaan dan zijn eigen ouders, vond hij, maar hij wilde niet langer afwezig zijn. Zijn dochter kwam bij hem aan de keukentafel zitten. Weer zei ze dat ze het fijn vond dat hij er was. Hij vroeg of ze intussen misschien anders over haar moeder dacht. Ze schudde haar hoofd.

Dat beeld kreeg Collins maar niet weg, aldoor zag hij zijn meisje voor zich. De koppijn werd niet minder nu hij op bed lag, maar het was tenminste rustig en stil.

Toen hij uit de slaapkamer kwam, was Blanca vertrokken. Zijn hoofd stond op barsten. Hij slofte naar de keuken, deed de koelkast open en weer dicht. Ellen had het altijd te druk om boodschappen te doen. Hij schonk een glas water in en dacht weer aan dat kleintje in haar roze bedje, waarover hij niets tegen Ellen kon zeggen. Hij hoorde haar thuiskomen.

Verbaasd stond ze voor hem. 'Waarom ben je zo vroeg?'

Hij begon zich te verontschuldigen. Hij had zich niet zo lekker gevoeld. En er stond niet veel op de agenda, de grote veiling was net achter de rug. Ze moesten binnenkort wel weer met een paar klanten afspreken, netwerken was cruciaal. Ellen knikte, daarom had ze ook een saaie uitnodiging voor een dameslunch aangenomen, vertelde ze. Collins wist dat hij moest voelen dat ze dat voor hem deed. Hij reageerde niet, maar vond het prettig dat ze het deed. Het betrof die dame waar een Van Goghje aan de muur hing, zei ze, Collins had haar daar al jaren geleden op geattendeerd. Je wist maar nooit, zei hij vaak, misschien willen ze er ooit vanaf. Ze ratelde door over de plek waar die dameslunch zou plaatsvinden.

Hij dacht aan Jessica. Kon hij er iets over zeggen? Er zou ruzie van komen. Hij hield het voor zich, daar was hij goed in. Je wordt er steeds beter in als je zo leeft, dacht hij, om als een tweede natuur een deel van je leven te verzwijgen. Hij had er zelfs geen last meer van. Alleen zijn veilingmeester Miller, die hij intussen al tientallen jaren kende, gaf soms de indruk door te hebben dat hij iets achterhield. Zoals het een goede veilingmeester betaamde, was Miller energiek en *outgoing*, hij nam geen blad voor de mond. Er waren zeldzame momenten waarop Collins van zijn stuk gebracht kon worden door een doek, door een bepaalde lichtinval. Miller had er eens naar gevraagd, het was hem opgevallen: kunst betekent echt veel voor je, nietwaar? Of hij een bepaalde associatie had met het doek, vroeg hij dan. Collins schaamde zich en ontkende dan meestal. Hij probeerde er overheen te praten door te zeggen dat die bepaalde schilder het licht op een fenomenale manier kon vangen. Miller vroeg dan niet door, hij rekende op de kennis van Collins, maar een enkele keer was Collins bang geweest dat hij er iets achter zocht. Stella deed haar best om die angst weg te nemen. Als Miller iets wist wat hem dwarszat, had hij dat allang gezegd. Ze wist intussen waar hij bang voor was, daarom zei ze steeds dat hij zich geen zorgen moest maken. 'Als ze iets hadden willen uitzoeken hadden ze dat allang gedaan, Otto.'

Nu hij Jessica beter wist te bereiken, nam hij zich voor haar vaker te zien. De eerstvolgende keer dat hij in haar buurt moest zijn, wilde hij weer langs gaan. Maar hij kwam niet vaak in die buurt, realiseerde hij zich op weg naar de kunsthandelaar, vier blokken van het veilinghuis vandaan. Al zijn afspraken voor werk waren in dezelfde buurt, alsof alles rond het veilingwezen zich op de kaart gecentreerd had rond zijn veilinghuis. Maar hij had altijd een excuus, er kon zich altijd een verzamelaar hebben aangediend waar hij naar kunst moest gaan kijken, in welke buurt dan ook. Hij herinnerde zich hoe dat verhaal altijd klaar lag als hij vroeger overdag naar Brooklyn ging, al werd er nooit naar gevraagd.

Ook vandaag verlangde hij naar haar stem. Voor een druk stoplicht voelde hij een glimlach opkomen. Altijd als hij haar belde zei hij hetzelfde, en altijd als hij 'Dag, schoonheid' zei, wist ze dat hij het was. Hij vond het wonderlijk hoe ze al die jaren contact wisten te houden, terwijl Stella voor haar gezin zorgde. Ze woonde allang niet meer in New York maar ze spraken elkaar regelmatig. En een enkele keer, eens in de paar jaar, kwam ze terug naar de grote stad, om welke reden dan ook, en dan vreeën ze innig, alsof het eilandje waar ze jarenlang op hadden geleefd weer even werd bewoond. Collins was niet van veel zaken in zijn leven overtuigd, maar dat pure liefde geen vergissing kon zijn, was een feit. Hun verbintenis voelde alsof oneindigheid bestond, en het feit dat ze elkaars levens zo respecteerden maakte dat alles bespreekbaar was. Stella was de enige die altijd alles bespreekbaar had gemaakt. Zelfs Lucie had in de loop der jaren begrepen dat deze dame een speciale plek innam in het hart van haar baas: ze moest Stella altijd doorverbinden, ongeacht de drukte. Hij moest uit elke vergadering worden geroepen voor haar. Slechts een keer was Stella onverwacht naar Sotheby's gekomen. Bij het binnenlopen op hun etage was ze iedereen onmiddellijk opgevallen, zo'n prachtige verschijning die moeilijk liep. Lucie liet haar direct door. Collins had haar al lang geleden wijs gemaakt dat Stella familie was, maar toen hij Lucies blik in de deuropening zag, kreeg hij de indruk dat ze dat niet meer geloofde.

Op de hoek van Friedlanders galerie bleef Collins stilstaan. Hij voelde of zijn voorhoofd niet bezweet was en trok zijn kostuum recht. Hij was benieuwd wat hij te zien zou krijgen, hij hield ervan om werken van onbekende verzamelaars te mogen taxeren. Aan de telefoon had Friedlander niet willen zeggen van wie de collectie was, maar dat het de moeite waard was, had hij Collins verzekerd.

Friedlander liet zijn assistente Sabrina thee serveren en begon het gesprek met trivialiteiten; roddels, nieuwtjes. Collins voelde zich altijd op zijn gemak in deze galerie, hij hield van de perfect onderhouden ruimte, van de houten vloer tot aan de spierwitte muren. Voor taxaties verplaatsten ze zich altijd naar een andere ruimte. Er was voldoende personeel om de galerie geopend te houden, dus konden ze zich in alle rust afsluiten.

Collins was nieuwsgierig geworden, het zou om een vijftal doeken gaan. Friedlander liet hem voorgaan naar de achterkamer, op weg naar de rode pluche bank. De lege ezel stond recht tegenover Collins. Sabrina kreeg hulp van een dame die Collins nooit eerder had gezien. Ze knikte vriendelijk vanaf de zijkant, waar ze het eerste doek oppakten. Met witte handschoentjes aan droegen de twee assistenten het doek naar de ezel. Toen het eenmaal rechtstond, trok Sabrina er heel langzaam het laken vanaf. 'Veel plezier, heren.'

Collins sloeg Friedlander op zijn schouder. 'Je verrast me!'

De handelaar lachte trots. 'Ja, hè, laat Fried maar schuiven.'

Collins had geen idee hoe Friedlander aan dit prachtige bruggetje van Monet was gekomen. De dames lieten het doek staan zolang hij dat wilde. Collins stond op om het schilderij van dichterbij te bekijken. Hij schatte het jaartal, noteerde de staat van het doek, bleef minutenlang staan. Hij nam graag de tijd voor zijn taxaties, niet alleen bij de eerste bezichtiging maar meestal ook later achter zijn bureau. Het kon soms weken duren voordat hij de juiste waarde bepaalde. Friedlander had Collins voor aanvang gezegd dat er bij deze collectie iets meer spoed was – de eigenaar zou het liefst dezelfde week nog een eerste schatting krijgen.

'Weet je iets over de eigenaar,' vroeg Collins, 'waar hij het werk heeft aangeschaft?'

'De doeken hingen sinds jaar en dag bij zijn moeder aan de muur. Zij is enkele weken geleden overleden,' antwoordde Friedlander, 'en nu zijn ze van hem.'

Collins wist wat dat betekende. Een ongeïnteresseerd, onervaren kind dat niets met kunst te maken wilde hebben en snel geld wilde zien.

'Zo erg is het ook weer niet,' verdedigde Friedlander zijn cliënt. Maar, inderdaad, de zoon kon het geld wel goed gebruiken. Collins knikte, wierp nog een laatste blik op de Monet en liep terug naar de sofa. 'Ik heb genoeg gezien.'

Op instructie van Friedlander droegen zijn twee as-
sistentes het doek even voorzichtig weg als dat ze het
hadden binnengebracht, om direct daarna terug te komen met een tweede schilderij. Met haar handschoentjes aan haalde Sabrina het laken weg.

'Dit is een vroege,' zei Friedlander.

Collins humde instemmend. Friedlander hoefde
hem de periodes van Renoir niet voor te kauwen.

'Hij was hier nog in de twintig. Prachtig hè, met dat
instrumentje erop?' zei Friedlander trots.

Ze stonden op om het doek van dichterbij te bekijken. Friedlander bood Collins nog iets te drinken aan
en schonk zijn glas bij uit een sierlijke karaf water. 'Wat
denk je, kun je al een indicatie geven?' vroeg hij.

Collins had zich al jaren geleden aangewend geen
uitspraken over taxaties te doen op voorhand. 'Even geduld, vriend,' antwoordde hij. Hij boog zich naar het
doek, noteerde een paar laatste kenmerken en zei dat hij
de volgende wel wilde zien.

'Ah, die zal jou bevallen. Die komt uit jouw land.'

Collins keek hem vragend aan.

Friedlander kwam iets dichterbij zitten, maar veranderde van onderwerp: dat nieuwe meisje beviel hem
wel, fluisterde hij.

Collins glimlachte, maar ging er niet op in. Dat ze een
mooie verschijning was, had hij onmiddellijk gezien.
Toen de dames het derde doek neerzetten, deed hij zijn
best om niet te opvallend naar haar billen te staren.

'Oké,' zei Friedlander, wuivend naar Sabrina, waarna het laken van het doek werd gehaald. Collins begon meteen te lachen. 'Ja, natuurlijk! Maar wel nog uit zijn Haagse periode,' zei hij. Op een of andere manier dachten Amerikanen dat een Van Gogh altijd even meesterlijk was. Collins twijfelde, had hij dit doek eerder op een veiling voorbij zien komen? Nee, het moet in een catalogus hebben gestaan. 'Deze is nog in de afgelopen twintig, dertig jaar aangekocht,' stelde hij vast. 'Dat kan,' zei Friedlander. 'Als je wilt, vraag ik dat nog eens na, misschien weet de zoon des huizes daar iets van.'

Collins schudde zijn hoofd. 'Nee hoor, dat zal ik nog wel even uitzoeken. Weet je, Fried, we kunnen een aparte catalogus van deze collectie maken. Een veiling speciaal voor deze nalatenschap, wat vind je daarvan?'

Friedlanders ogen begonnen te twinkelen, daar zou zijn klant vast geen nee tegen zeggen. 'En je hebt nog niet eens alles gezien!'

Collins knikte. Hij was zich ervan bewust dat hij met deze eerste drie doeken zijn target van dit jaar al zou kunnen halen, maar dan moest hij wel met een goed voorstel komen. Als hij dat niet meteen deed, zouden ze dat bij Christie's wel doen, dacht hij. 'Ik heb genoeg gezien, dank je.'

Het vierde schilderij werd door Sabrina alleen naar binnen gebracht, ondanks het grote formaat. Met haar witte handschoentjes haalde ze het laken eraf, zonder te wachten op het teken van haar baas.

'Goh.' Collins keek naar het doek en zag de catalogus al voor zich. Die weerspiegeling in het water van het okergele huis en de bomen zou zelfs op de foto's fenomenaal zijn. Het was een prachtig doek van Sisley, dat goed zou passen bij de Renoir. Hij zou pagina's vol aanbevelingen en details over de twee heren kunnen schrijven om de twee doeken te presenteren. Hij stond op en inspecteerde het schilderij van dichterbij. 'Een geweldige collectie, Fried,' besloot hij.

'Ja, de dame in kwestie had een dure smaak. Maar we zijn er bijna doorheen,' zei Friedlander.

Sabrina vroeg of de heren misschien iets anders wilden drinken, een borrel misschien? Collins bedankte vriendelijk, daar was het echt te vroeg voor. Hij was terughoudend aan de bezichtiging begonnen, maar was nu zo enthousiast over wat hij al gezien had dat hij vooral verder wilde met het laatste doek.

'Dat is meteen ook de mooiste,' zei Friedlander veelbelovend.

'Je hebt me al enorm verrast, Fried. Mijn complimenten.'

Collins nam een slok water en keek verwachtingsvol naar hoe Sabrina het vorige doek van de ezel afhaalde en naar de ruimte ernaast liep. Ze kwam niet direct terug. Wilde Friedlander even wat rust inbouwen?

Friedlander schraapte zijn keel. Hij begon over het laatste doek. Ze werkten al jaren samen, nietwaar? Hij wilde hem eerlijk vertellen dat hij geen complete informatie kon krijgen over het laatste doek. 'Het is een juweeltje, daar niet van, maar de oude vrouw had niet precies geweten wie de vorige eigenaars waren geweest.

Het kwam uit een collectie van mensen die ook maar een half verhaal kenden. Ja, erg vervelend voor ons, in ons vak, maar ik wilde het je vast zeggen. We doen tenslotte eerlijk zaken.'

'Wacht even, Friedlander. Geen complete informatie is één ding, maar het klinkt alsof er iets anders mis is.'

'Om heel eerlijk te zijn: ik weet het niet precies,' zei hij. 'Het is ergens in de oorlog verdwenen en weer opgedoken. Uitgeleend, weggegeven – zo erg is het allemaal niet.'

'Weggegeven? Jij weet net zo goed als ik dat mensen geen doeken "weggeven", Fried.'

'Luister.' Friedlander legde zijn hand op Collins' schouder. 'Ik weet er verder niets van, dus laten we het maar vergeten. Ik ga je gewoon iets heel bijzonders laten zien.'

Collins zuchtte. Hij moest aan zijn naam denken. Niet alleen kon het veilinghuis geen incidenten gebruiken, hij wilde zelf ook niet in de aandacht komen te staan. De rest van de collectie was fenomenaal, daar zou hij direct mee aan de slag kunnen. 'En de eerdere doeken...?'

'De eerdere... hoe kun je dat nou vragen? Dan had ik het toch gezegd, Collins. Daar zijn vrienden voor.'

Het eerste wat Collins zou doen als hij terugkwam op kantoor was grondig onderzoeken waar de eerdere vier doeken vandaan kwamen. Hij beschouwde handelaren niet als vrienden, maar dat was weer een heel andere kwestie, die niet eens zozeer met Friedlander te maken had. 'Goed,' zei hij, 'kom maar op.'

Alsof ze mee stond te luisteren bracht Sabrina op dat moment het schilderij binnen en liet het rusten op de ezel. Friedlander gaf een seintje, heel voorzichtig haalde ze het laken weg.

Collins' sloeg zijn armen over elkaar. Hij bracht een hand naar zijn gezicht en veegde met zijn vingers heen en weer over zijn kin.

Hij bleef zitten. Dichterbij was niet nodig. Hoe was het mogelijk?

Alleen de lijst was vernieuwd.

'En?'

Collins probeerde iets te zeggen, maar kon amper bewegen.

'Vind je het niet mooi? Collins?'

'Het is schitterend, Fried. Die lichtinval, uniek.'

'Zullen we even van dichterbij kijken?'

Collins bleef als versteend op de bank zitten. Hij wilde niet opstaan, voelde zich verslapt, maar hij wilde vooral niet dat er iets zou opvallen aan zijn reactie. Met bevende benen stond hij op.

Samen naderden ze het doek. Collins had zijn notitieboekje op de sofa laten liggen, wist niet waar hij zijn handen moest laten. Hij staarde en zweeg. Dit doek was niet weggegeven. Dat kon hij zich niet voorstellen. Dat zou betekenen dat zijn vader... Nee, Friedlander had het vast bij het verkeerde eind. Onvolledige informatie, dat was alles. 'Ik heb genoeg gezien.'

Friedlander kwam terug op het voorstel voor de aparte catalogus. Dat zal de erfgenaam goed bevallen, voegde hij eraan toe, ik ben benieuwd naar je voorstel.

Collins probeerde zichzelf te hernemen. Hij zag die catalogus nog steeds voor zich, de unieke collectie leende zich er goed voor. 'Alleen dit laatste doek hou ik liever buiten beschouwing, Fried.'

'Wat?' Friedlander keek teleurgesteld. 'Ik vertel jou nog eens wat!'

Collins legde uit dat ze beter geen risico's konden nemen. Het Goudstikker-incident had veel indruk gemaakt, en misschien was dat nog maar het begin. 'Ik wil m'n vingers niet branden, Fried, jij toch ook niet? Voor je het weet is het gedaan met je goede naam. Goudstikker heeft maanden in de kranten gestaan. Als we niet alert zijn, kost het je zo je galerie.'

Friedlander liet zijn hoofd hangen. 'Misschien heb je gelijk. Maar wat doe ik er dan mee? Die danseres is misschien wel de mooiste van allemaal. Ik kan hem toch niet zeggen dat ik zijn Degas niet neem? Dat doek moet meer dan tien miljoen dollar opbrengen. Ik lijk wel gestoord.'

'Vertel hem gewoon de waarheid, dat we het risico niet kunnen nemen. De collectie is gaaf en uniek, die mogen we niet in opspraak brengen. Laat hem de eigenaar blijven en geef het doek in bruikleen aan de Met, daar staan ze er vast om te springen.'

Friedlander dacht na. 'Hij zal die miljoenen niet willen mislopen.'

'Kom op, Fried, de rest van de doeken brengt al tientallen miljoenen op. Er zijn mensen die zich met niets anders bezighouden dan met roofkunst. Die wil je niet op je dak hebben.'

Friedlander nam een slok water. 'Doe je dan wel wat extra's met je voorstel? Verzekeringen wil ik hem ook liever niet laten betalen.'

Collins glimlachte. 'Zelfs de fotokosten wil ik op me nemen. Als we een deal hebben, stuur ik een eigen team langs voor deze collectie.'

Collins wilde niet langer blijven, hij had last van zijn buik maar wilde niet naar het toilet van de galerie gaan. 'Ik moet ervandoor, Fried.'

Hij zag de verbazing in zijn ogen, maar hij kon het niet opbrengen langer te blijven. De wandeling terug zou hij niet redden, dat voelde hij in zijn buik, hij zou zo snel mogelijk bij een café naar binnen gaan. Sabrina had het laatste doek laten staan, maar hij kon er niet langer naar kijken. 'Ik heb zo weer een vergadering, maar ik ben heel blij met deze geweldige collectie. Ik verheug me erop om de catalogus te maken. Je krijgt binnen twee weken een voorstel, voor de vier.'

'Bij Christie's zijn ze ook benieuwd,' zei Friedlander nog, in een laatste poging de druk op te voeren, de prijs op te drijven, maar Collins wist dat de zaak zo goed als rond was. 'Laat het ze maar zien, Fried, het is voor iedereen een genot om naar te kijken.'

Op straat was hij duizelig, probeerde hij niet in elkaar te zakken. Tenminste de hoek om, dacht hij, Friedlander mag het niet zien, niet merken. Zou papa? Mijn vader? Over alle schilderijen vertelde hij altijd uitgebreid, op dat ene na. Het eerste beste cafeetje liep hij binnen. Het zweet stond op zijn voorhoofd. Nooit mocht hij toegeven waar hij het doek van kende. Nooit.

Hij vroeg de serveerster of hij van het toilet gebruik mocht maken.

Daarna bestelde hij een glas water. Bang dat alles toch nog in zou storten, tientallen jaren later, zag hij het glas in zijn hand trillen. Hij wilde niet weten hoe zijn vader aan de danseres was gekomen. Nooit.

Zonder Lucie te begroeten, stevende Collins naar zijn kamer. Hij draaide het nummer van Stella. Toen ze opnam, begon hij meteen over de danseres.

Stella probeerde hem te kalmeren.

Hij reageerde amper. Zijn ademhaling was hoorbaar.

'Doe eens rustig, liefje, alsjeblieft.'

'Ik zal een voorstel maken voor de andere doeken, maar deze wil ik nooit meer zien.'

Het bleef lang stil aan de lijn. Hij haalde het fotootje uit zijn portefeuille, hij had er in geen tijden naar gekeken. 'Soms ben ik doodsbang, Stella.'

'Ik weet het, Otto, ik weet het.'

'Ik wil dat je me vasthoudt.'

'Dat wil ik ook, liefje,' zei ze. 'Altijd.'

III

Ze werd gewekt door haar volle blaas. Ze liep traag over de gang met haar mobieltje in haar hand, alsof hij zo vroeg al zou bellen. Gauw naar het toilet, daarna wat drinken.

Gek dat ze zo'n dorst had, dacht ze in de keuken, waar ze een fles appelsap van het rommelige aanrecht pakte, haar vriendinnen hadden er een zooitje van gemaakt. Haar telefoon ging over. Dus toch. Ze nam gauw een slok lauwe appelsap, dat kon haar stem wel gebruiken.

Het was haar moeder. Waarom belde ze in godsnaam zo vroeg? 'Alles goed, mam?' vroeg Romi slaperig. Ze was moe, haar hoofd deed een beetje zeer, ze had die nacht amper geslapen. Hij is fitter dan ik, dacht ze. Ze had zich laten beminnen, ze wilde hem vandaag weer zien.

'Heb ik je wakker gebeld?' vroeg haar moeder. Romi nam nog een slok. Niet echt, zei ze, terwijl ze in de plastic zak van de lokale supermarkt keek, maar die verder open maken zou te veel lawaai maken. Iedereen sliep nog, ze probeerde te fluisteren.

'Eigenlijk gaat het hier niet zo goed,' antwoordde haar moeder.

Romi voelde schrik door haar lichaam schieten. 'Waarom niet?'

Oma was gevallen.

'Oma is wel vaker gevallen, dat is toch niet zo erg?'

'Jawel,' zei haar moeder, 'ze heeft eergisteren haar heup gebroken. Nu is ze er klaar mee, zegt ze.'

Klaar mee? 'Ligt ze in het ziekenhuis?'

Eerst wel, maar ze wilde terug naar huis, legde haar moeder uit. Ze weigerde een operatie. Ze wil niet meer opnieuw moeten leren lopen. We hebben haar teruggebracht.

Romi stond stokstijf stil. Haar oma had gevraagd waar ze dan nog in godsnaam heen moest lopen. Romi grinnikte. Typisch oma, dacht ze.

'Ze is koppig, Romi,' zei haar moeder.

'Dus gaat ze de rest van haar leven liggend doorbrengen?'

'Nee, kind. Ze is er klaar mee, ze is op.'

Oma maakte geen grapje, wist Romi. Ze kende haar door en door. En dat gold ook andersom. Haar moeder was enig kind, Romi het enige kleinkind. Ze had altijd haar oma's volledige aandacht gekregen.

Op haar nachtkastje lag een stuk chocola. Ze brak een hoekje af en stopte het in haar mond.

'Oma is een taaie,' zei haar moeder.

'En dus, mam?'

Haar moeder viel stil. Daarna sprak ze zachter, onzekerder. 'Als ze er genoeg van heeft, dan hebben wij daar niets meer over te zeggen.'

Romi hoorde aan haar moeders stem dat ze huilde. 'Wil je dat ik naar je toe kom, mam?'

'Nee, kind, je hebt vakantie.'

'Ik kan mijn hele leven nog op vakantie gaan. Ik kom terug.'

Romi zag een spin in de hoek van haar kamer. Ze had geen zin om hem te doden, al zou ze dat thuis wel hebben gedaan. Een van haar vriendinnen zou straks gillen alsof ze een monster zag, wist ze.

Ze stond op de luchthaven met haar grote weekendtas over haar schouder. Ze was pas drie dagen weg, maar ze wilde naar huis. Met haar geliefde kon ze nu alleen nog maar bellen. Hij overwoog haar achterna te reizen, maar dat wilde ze niet. Hij had ook vakantie, en moest lekker van zijn vrije dagen blijven genieten.

Pas in het vliegtuig miste ze zijn armen om haar heen, zijn liefkozingen en de manier waarop hij met haar sprak. Hij leek haar soms beter te verdragen dan zij zichzelf – nee, ze moest niet overdrijven. De laatste tentamenweken voor de vakantie waren haar zwaar gevallen, verder viel het allemaal wel mee.

Zou haar oma er echt klaar mee zijn, met alles? Elke donderdag na haar college stond Romi op haar grootmoeders stoep om thee bij haar te drinken. Zou ze daar ook klaar mee zijn? Of zouden ze nu in haar slaapkamer gaan zitten, of haar bed in de woonkamer zetten? Toen het vliegtuig de daling inzette, liet ze haar ogen pas dichtvallen.

Romi wilde onafhankelijk en zelfstandig zijn, maar vond het nu fijn dat haar vader haar afhaalde van het vliegveld. Ze liep mee naar zijn auto.

'Het is goed dat je bent teruggekomen,' zei hij. 'Ook voor je moeder.'

Hij was bang dat het einde in zicht was, dat niemand iets tegen haar oma in kon brengen. Romi keek naar de zijkant van zijn gezicht. Voor het eerst vielen zijn grijze bakkebaarden haar op. Die had hij vast al jaren.

Of ze nog langs huis wilde, vroeg hij.

'Is mama bij oma?'

Hij knikte.

'Dan gaan we naar oma.'

Ze wist meestal precies wat ze wilde. Eigenlijk had ze van jongs af aan al van haar vader geleerd om niet te lang te blijven twijfelen, hij leerde haar beslissingen te nemen. Hij leerde haar situaties goed in kaart te brengen en dan een keuze te maken. Hij leerde haar stevig in haar schoenen te staan. Hoe vaak dacht ze hier niet aan, bewust of onbewust? Ze verschilde daarmee zo van haar moeder, die over alles leek te twijfelen.

Er stond een ziekenhuisbed in de slaapkamer, vlak voor haar grootmoeders eigen tweepersoonsbed. Drie bedden in een kamer waar nog maar één mens sliep. Haar grootvader was al lang geleden gestorven. Ook hij was oud geworden, maar Romi had nooit een relatie met hem gehad zoals met haar oma. Hij was een stille man geweest, en als hij sprak, was het steeds vaker in het

Duits, zijn moedertaal. Laat hem maar gaan, zei haar oma dan.

'Dag, lieve oma,' zei Romi fluisterend, in de veronderstelling dat zacht praten haar goed zou doen.

Haar oma glimlachte. 'Je bent toch niet voor mij teruggekomen, hè?'

Romi hield haar linkerhand vast. 'Natuurlijk wel. Je hebt je bezeerd, ik wil bij je zijn.'

Haar grootmoeder glimlachte voorzichtig en wreef met haar vingers over Romi's hand. 'Dat is lief van je, meiske.' Ze vroeg hoe haar vakantie was geweest, hoe lang ze weg was. Romi vertelde over Spanje, haar vriendinnen, over het rommelige appartement. Oma had een hekel aan vakantiehuisjes, zei ze. Romi moest lachen. Zelf was ze er ook niet zo dol op. Haar oma keek naar haar lange, dikke haar. 'Alles aan je is zo mooi,' zei ze. Ze keek haar dochter en haar kleindochter aan. 'Ik heb pijn, kinderen,' zei ze traag, 'ik hoef niet meer zo nodig.'

Romi keek weg, alsof ze daarmee de woorden van haar oma kon omzeilen. Op het kaptafeltje lag het gouden medaillon dat ze eerder alleen maar om de nek van haar grootmoeder had gezien. Haar kaptafel was anders ingedeeld dan ze gewend was, er lagen handdoeken op en medicijndoosjes. Waar is de borstel gebleven? Wat had ze zich als kind een prinses gevoeld, zittend aan dat tafeltje, met oma's parfumverstuiver in de ene hand, en die chique borstel in de andere. De drie spiegeltjes mocht Romi zo vaak heen en weer schuiven als ze wilde, daardoor zag ze zichzelf van opzij en zelfs een beetje van achter. Ook toen zei haar oma al hoe mooi ze haar vond. Het hoorde bij de leukste uitstapjes van de week. Het geklets van haar moeder met haar grootouders boeide haar natuurlijk niet, dus dit was haar plek, op het krukje met fluwelen zitting.

'Alles doet pijn,' ging haar oma verder. 'Liggen, draaien, bewegen. En ik zie ook bijna niets. Ik hoef dit niet meer.'

'Als je je laat opereren, zal het na een tijd beter gaan, mam,' poogde haar moeder.

Haar grootmoeder wilde er niets over horen. 'Op mijn negentigste kan ik dan zeker weer een paar stappen zetten. Ik kan niet lezen en nergens naar kijken.' Ze sloot haar ogen en liet haar hoofd dieper in het kussen zakken.

Romi had van haar vader begrepen dat er medisch gezien geen reden was om haar uit haar pijn te verlossen. Ze kon geopereerd worden en er na een lange revalidatie weer bovenop komen, maar zo wilde oma het niet. Ze had altijd zelf over haar leven beschikt en dat veranderde niet op haar oude dag, had ze met een lach gezegd. Daar kon niemand iets tegenin brengen.

'Ik begrijp dat het moeilijk is, Ida,' zei ze tegen haar dochter. 'Maar ik beslis zelf waar ik wil zijn.'

Romi was verbaasd over hoe stellig haar grootmoeder over het leven en het verlaten daarvan kon praten.

'Ik weet als geen ander hoe je iemand in leven moet houden,' zei ze. Ze zou gewoon niets meer tot zich nemen. Eerst alleen geen voeding, daarna ook geen vocht meer. Dan zou ze langzaam uithongeren en uitdrogen. Alle organen zouden uitvallen. 'Uiteindelijk ook mijn hart.'

Ze klonk zo resoluut dat zelfs haar moeder er niet meer tegenin ging.

Romi's vader zat in de woonkamer, hij liet dat soort gesprekken aan de vrouwen over. Ida zou hem wel van alles op de hoogte brengen.

Het is onmogelijk, dacht Romi, dat krijgt niemand voor elkaar. Ze staarde naar haar oma en kon niet geloven wat ze van plan was.

De eerste dagen verliepen redelijk normaal. Er kwam verpleging op afgesproken tijden om de oude vrouw om te draaien en te wassen in bed. Ida kon er niet naar kijken, dus bleef zij in de woonkamer totdat de verpleegster klaar was. Tussendoor sliep haar oma steeds meer, soms viel ze zelfs in slaap terwijl er nog met haar gepraat werd. Dan slopen Romi en haar moeder weg en gingen ze tegenover elkaar zitten in de keuken. Romi's vader was gewoon aan het werk gegaan, dus brachten ze hun dagen met elkaar door, vlak bij oma.

Tussen de middag aten ze samen een broodje aan de keukentafel, uit het zicht van oma. Ze had voor hetere vuren gestaan, zei ze, en ze stelde hen na een paar dagen zelfs voor om gewoon aan haar bed te eten, maar dat weigerde Ida. Uren achtereen zaten ze aan haar bed, soms pratend, soms stil. Wanneer oma sliep, verlieten

Romi en Ida haar kamer, maar zelfs dan voelde het alsof ze haar in de steek lieten.

Soms had oma het warm, soms juist koud. Koud door het gebrek aan brandstof, warm omdat de verwarming aanstond. Een van de verpleegsters had gezegd dat die niet te hoog mocht staan, anders zou ze nog meer last van uitdroging krijgen, maar te laag was ook niet goed, ze zou het steeds kouder gaan krijgen. Wanneer oma weer vroeg of het warm was of dat het misschien aan haar lag, zette Romi de thermostaat wat lager.

Ook al had ze het warm, oma wilde altijd bedekt blijven. Dan hield ze haar handen om de rand van de deken, alsof ze zich ergens aan vast moest houden. Wanneer er af en toe een raam werd geopend om wat frisse lucht binnen te krijgen vond oma dat heerlijk. Dan leek ze te vergeten waar ze aan begonnen was en kwam haar levenslust weer boven. 'Heerlijk, die lucht,' zei ze. Het was herfst, maar ze zei de eerste bloei van het voorjaar te ruiken.

Ze hield van alle seizoenen, had ze vaak tegen Romi gezegd. Vooral de wisselingen vond ze prachtig. Als de winter ruimte maakte voor het voorjaar vulde ze haar huis met bloemen, jaar in jaar uit.

Op de momenten dat ze zo opleefde, probeerde Ida haar meteen van gedachten te doen veranderen. 'Mama, wil je niet toch iets eten?' Maar ze bleef haar hoofd schudden, sloot haar ogen en keerde haar gezicht langzaam naar het open raam.

's Avonds was ze sterker. Dan sprak ze rustiger, leek

ze zich veiliger te voelen. Ze begon steeds meer te vertellen. Over haar jeugd, over de oorlog, en soms over kleine, onbelangrijke zaken die ze op de een of andere manier verbond met haar ziekbed.

'Als jullie na mijn dood iets moeten verhuizen, moet je naar verhuisbedrijf Büch,' zei ze dan. Alsof Ida zich nu in een verhuizer ging verdiepen, maar al snel bleek waarom oma dat zei: die verhuizers hadden haar haar spullen na de oorlog teruggegeven. 'Kijk maar of ze nog bestaan,' had ze gezegd, 'Büch moet je hebben.'

Ze wilde alles regelen en bemoeide zich overal mee. Romi zag hoe haar moeder haar ergernis probeerde te onderdrukken en haar best deed om te gehoorzamen. Ik zou hetzelfde doen als ik oma was, dacht Romi.

'Ik heb het opgeschreven, mam. Büch.'

'Alleen ons kostbaarste bezit hebben we niet bij ze achtergelaten, dus ook niet teruggekregen. Misschien was dat een vergissing van mijn vader.'

Haar vader? Romi keek naar de reactie van haar moeder. Oma vertelde eigenlijk nooit over haar ouders. Zij waren vergast in de oorlog, daar werd eigenlijk nooit over gesproken. 'Wat bedoel je, mama?' vroeg Ida.

'Onze danseres,' zei oma. 'Het lievelingsdoek van mijn moeder. Ik moest het meenemen in de onderduik.' Oma's lippen vormden een kleine glimlach. 'De ogen van de danseres moesten mij beschermen. En dat hebben ze gedaan. Alleen ik kwam uiteindelijk terug, met opa. Maar zonder de danseres. Tini, ja, zo heette ze, zo had Degas haar genoemd. Ze danste in een café in Pa-

rijs, heel sierlijk, zo met haar armen boven haar hoofd.'
Oma hief haar armen een stukje van het bed, met moeite hield ze ze op die hoogte, haar magere vingers bewo-
gen alsof ze een melodietje hoorde. 'God, wat was ze
mooi in haar lange jurk. En ze heeft me beschermd, eerlijk is eerlijk. Zelfs toen ze bij de buren in huis kwam te
hangen, heeft ze me nog beschermd.'

Ze liet haar armen weer zakken en bekeek haar nagels. Ze hield ze altijd kort, ooit had ze Romi uitgelegd
waarom. Ze had ze vroeger te vaak afgebeten, ze zouden niet mooi meer groeien. Ze waarschuwde dat Romi
vooral nooit nagels mocht gaan bijten. Wel lakte oma
altijd haar nagels, om er zo gesoigneerd mogelijk uit te
zien. 'Misschien kan de verpleegster mijn nagels bijvij-
len,' zei ze.

Romi en Ida reageerden niet, ze keken elkaar verbaasd aan. Dit verhaal over de danseres hadden ze nooit
eerder gehoord. Oma bleef peinzend naar haar vingers
kijken, zonder haar herinneringen verder te delen.

Na een week raakte ze vermoeider en leek ze steeds
minder scherp te worden. Dat kon met de pijnstillers
te maken hebben, zei de huisarts. Haar gehoor was de
eerste week nog verbluffend goed geweest, in tegenstelling tot haar zicht; door te luisteren naar het verkeer in
de drukke straat wist ze of het ochtend of middag, dag
of nacht was. Nu begon ze toch te vragen of het al dag
was, en waar de nacht dan was gebleven. Ook riep ze
steeds vaker in haar slaap om haar man, die haar al jaren

eerder had verlaten na een lang ziekbed, hij had zwakke longen gehad. Maar als oma goed wakker was en ze de pijn verdroeg, was ze helder en stelde ze zelfs vragen. Ze vroeg Romi of ze haar moeder zou helpen om haar appartement op te ruimen wanneer ze er niet meer zou zijn.

'Gezellig, oma!' zei Romi, maar haar oma lachte en herhaalde haar verzoek. Ze wilde alles goed regelen nu ze daar nog toe in staat was. Ook wilde ze de verpleegsters 'een extraatje' geven, zei ze, omdat ze haar zo goed en prettig verzorgden. Oma had al twee keer aan Ida gevraagd of ze wat geld van haar bankrekening kon halen. De derde keer, toen Romi met haar moeder aan het bed zat, drong ze erop aan. 'Ik wil ze wat geven nu ik er nog ben.' Romi kreeg het gevoel dat ze haar moeder wegstuurde. Ida gehoorzaamde en zou wel even naar de bank lopen. 'Dat kan wel een halfuur duren,' zei ze. Oma knikte tevreden. 'Ik ga nergens heen,' lachte ze, 'Romi past op me.'

Er lag een medicijnenrooster op het andere bed, oma's echte bed waar de sprei netjes overheen lag. Er zou nog een verpleegster langs kunnen komen, maar verder waren ze met z'n tweetjes. Romi had steeds een boek meegenomen, al wist ze dat ze niet zou lezen. Haar mobieltje lag stil op de salontafel. Ze had met haar moeder afgesproken om het geluid van hun telefoons uit te zetten, oma sliep veel en het gerinkel deed haar schrikken. Af en toe keek ze of er iemand had gebeld, wat telkens het geval was. Wie kan nog rustig onbereikbaar zijn, dacht ze en ze belde niemand terug. Ook de naam van haar geliefde stond steeds op haar schermpje, maar ze wilde nu niet aan hem denken. Heel af en toe stuurde ze hem een kort berichtje om hem bij te praten.

Zodra ze de deur achter Ida in het slot hoorde vallen, begon ze tegen Romi te praten. Ze vroeg haar eerst om een slokje water, omdat het spreken haar droge mond geen goed deed. 'Dat water vertraagt alles misschien, maar geeft me toch iets meer ruimte om met jullie te zijn,' zei ze. Ze vond het fijn dat ze even met z'n tweeën waren en biechtte op dat ze helemaal geen geld nodig had. Niet dat ze geheimen voor haar eigen dochter had, maar ze wilde iets bespreken waar Ida overstuur van zou raken. Romi kwam dichter bij haar zitten. Ongelooflijk, dacht Romi, die plannetjes van oma.

'Ik weet niet hoe lang het nog gaat duren,' zei haar oma, 'wat denk jij?'

Romi glimlachte. 'Ik heb er geen verstand van, oma, ik doe dit ook voor het eerst.'

Oma lachte zonder geluid. Ze vertelde dat ze deze taak niet uit het niets kon volbrengen, ze had haar hele leven al een taak volbracht. Ze was gewend sterk te zijn en zichzelf regels te stellen, het was haar manier van overleven geweest. En uit diezelfde krachten putte ze nu, niet om te overleven maar om te overlijden, om het leven voorbij te laten gaan. Romi knikte. Haar verlangen om oma juist bij haar te houden werd almaar groter, terwijl oma in werkelijkheid steeds meer van de wereld verwijderd raakte. Oma pauzeerde even en zocht toen Romi's hand. 'Heb je een vriendje?'

'Een beetje,' zei ze stuntelig. Oma knikte tevreden. 'Daar wil ik met je over praten. Het is belangrijk dat je de juiste man kiest, meiske, eentje die goed voor je zorgt.'

'Dat weet ik, oma,' zei Romi voorzichtig, zonder haar in de rede te willen vallen – het was duidelijk dat ze er nog iets aan toe wilde voegen.

'Ikzelf heb altijd een goede man gehad.' Romi luisterde aandachtig. 'Je weet dat opa en ik een goede oorlog hebben gehad. Ja, zo heet dat, "een goede oorlog", als je niet in de kampen bent geweest.' Romi knikte, dat wist ze.

'Maar, Romi,' zei haar oma, 'kom nog eens wat dichterbij.'

Romi kwam nu zo dichtbij dat hun hoofden elkaar raakten.

'Is de verpleegster er al?' vroeg haar oma.

'Nee, oma, we zijn met z'n tweetjes.'

Oma kneep in Romi's hand. 'Ik vind het fijn als je me aanraakt,' zei ze. 'Ik wil niet dat je moeder dit weet. Onthoud dat goed. Je moeder heeft het al moeilijk genoeg.' Het klonk als een waarschuwing. Romi beloofde niets te zeggen. Ze wist dat haar oma haar moeder altijd beschermde, ze mocht nooit belast worden, alsof ze nog te fragiel was.

'In die goede oorlog, Romi, in die goede oorlog heb ik mijn kind verloren.' Romi voelde vaag hoe oma kracht

189

zette met haar handen, om haar vingers steviger vast te houden. 'Ik wil dat je het weet, omdat er straks niemand meer is die je dit kan vertellen. Als niemand iets meer weet dan bestaat het ook niet meer, en ik wil dat dit bestaat.'

'Wat is er dan gebeurd, oma? Is mama niet je enige kind?'

Oma probeerde te knikken, maar dat ging moeizaam met haar hoofd op het kussen.

Oma zei dat ze pijn had in haar lichaam. Dit keer boven haar heup, eigenlijk in haar buik. Romi pakte de kruik die haar moeder had klaargelegd en legde die onder de deken tegen haar zij. 'Wil je dat ik je pijnstillers van straks nu al geef, oma?'

'Nee, meiske, we moeten ons aan het schema houden. Ik wil rustig verdwijnen, en ik weet dat ik moet lijden, daar is niets aan te doen. Dat kind, Romi, ik heb dat kindje moeten afgeven. Hij leefde in het huis naast mij. Een prachtig mannetje. Ik zag hem bijna elke dag. Totdat die goede oorlog voorbij was. Toen begon voor mij pas de ellende.' Oma sloot haar ogen.

Romi zag hoe oma zich voor het eerst aan haar tranen overgaf. Ze had oma al die dagen nog niet zien breken. 'Wat is er met hem gebeurd?'

Oma opende haar ogen en probeerde Romi aan te kijken. 'Het was beter dat ik geen contact met hem zocht. Geef me een beetje water, Romi, ik ben bang dat mijn lippen kapot gaan.' Ze had gelijk, ze stonden op springen. Romi stelde voor om ze in te vetten.

Ze haastte zich naar de woonkamer, haalde een La-
bello uit haar handtas en rende terug naar het ziekenhuisbed. Ze wilde haar geen moment alleen laten. 'Ik
smeer nu je lippen in, oma.' Ze krulde haar lippen alsof
ze ze ging stiften om uit te gaan. Romi bracht de Label-
lo met zachte bewegingen aan. Toen ze klaar was hield
oma haar lippen even tegen elkaar.

Waarom ze dan geen contact meer mocht hebben
met haar zoon, vroeg Romi.

'Dat was beter. Geloof me. Er is niets ergers dan je
kind te moeten missen in je leven. Maar ik heb het op-
gebracht, omwille van hem. Ik wilde hem niet in de war
brengen. Hij wist niet wie ik was. Bij zijn ouders had
hij het goed. Zij hebben hem in die tijd een beter leven
gegeven dan ik hem ooit kon bieden.'

'Dus dat kind leeft nog?'

Oma knikte.

'Is dat kind ook van opa?'

Ze schudde haar hoofd in haar kussen. Dat was juist
het probleem. 'Zijn vader hoorde bij de anderen, juist
bij de anderen. En hij viel mij lastig...' Oma had haar
handen tot vuisten gebald, zo lagen ze nu op het laken
naast haar lichaam. Romi dacht te begrijpen wie ze met
'de anderen' bedoelde. Maar 'lastig', wat bedoelde ze
precies? Uit haar ademhaling maakte ze op dat ze nog
door ging praten, dus besloot Romi haar niet te onder-
breken. 'Zijn vader was een N S B'er.'

'Jezus,' zei Romi met luidere stem. 'Leeft hij nog?'

Oma schudde haar hoofd. 'Ook dat is ingewikkeld,

meiske. Jaren na de oorlog waren er mensen die zelf voor rechter gingen spelen, omdat het recht niet altijd rechtvaardig bleek te zijn. '

'Voor eigen rechter?' Romi had er weleens iets over op televisie gezien, een bejaard vrouwtje had veertig jaar na de oorlog een oude ss'er neergeknald. Ze vond het altijd moeilijk te geloven, maar blijkbaar was het niet zo gek. Die berichten over de oorlog gaven Romi steeds vaker het gevoel dat alles mogelijk was.

Oma hield haar ogen wijd open en knikte. Ze vertelde over Henk, de man die haar had laten onderduiken. Die kon het niet uitstaan, die heeft jaren gezien hoe de buurman, die nsb'er, mij had lastiggevallen. En dat klinkt nog aardiger dan het was. Maar hij werd nooit veroordeeld. Oma slikte. Er was een circuit van mensen uit het verzet die ook na de oorlog in het verzet bleven. Die mannen rekenden vaak tientallen jaren later nog af met misdadigers.

Romi knikte. Haar oma leek niet verdrietig maar kwaad. Haar gezicht toonde voor het eerst woede, waardoor Romi besloot te zwijgen.

Pas na een lang moment van stilte, kon oma weer praten. 'Vertel je me straks over je vriendje?'

Romi moest lachen, typisch oma, dacht ze. Maar dit is nu belangrijker, ik luister naar je en ik zal het onthouden, alles wat je zegt. Oma's hand zocht opnieuw haar kleindochter, ze legde haar magere vingers als kraaienpootjes in Romi's hand. 'Ik heb dat zo nooit gewild, ik wilde geen afstraffing, het recht is niet aan ons. Maar ik had er niets over te zeggen. Wat wel goed was... is dat Henk me heeft meegenomen naar de begrafenis. Hij stelde voor dat ik mee zou gaan, als afsluiting van een periode. Ik ging mee. Natuurlijk maar om één reden.'

'Voor dat kind?'

Haar onderlip trilde. Ze zei niets meer en slikte moeizaam. Er rolde langzaam een traan uit haar ooghoek. Het enige geluid kwam van de wandklok die in de woonkamer tikte, al meer dan een halve eeuw aan dezelfde wand.

Normaal hoorde je de klok niet zo hard in de slaapkamer, maar nu stonden de schuifdeuren met het gekleurde glas open tussen de slaap- en woonkamer. Haar moeder had ze opengezet om meer lucht in de kamer te krijgen. Door het glas kon je vanuit de woonkamer moeilijk naar binnen kijken, oma hield die deur eigenlijk altijd dicht. Romi keek naar de houten kast naast de schuifdeur, ze zag de sleuteltjes in alle laden. Vroeger speelde ze daar uren mee. Zou er een moment komen dat ze nooit meer naar deze ruimte terugkeert? Romi voelde de spanning in haar lichaam.

Pas na enkele minuten hernam haar oma zich en vertelde over de ochtend van de begrafenis. Ze had de kussentjes van de bank wel honderd keer uitgeklopt. Ze hield steeds haar medaillon vast om zich sterker te voelen. Ze had haar lippen gestift en het er weer afgehaald. Ze mocht niet te veel opvallen. Haar grote zwarte hoed zou haar beschermen. En haar medaillon. Van haar moeder. 'Als kind speelde je er graag mee,' zei ze tegen

Romi. Ze was nog nooit zo nerveus geweest als op die dag. Opa wist niet dat ze weg zou gaan. Hij zou pas aan het eind van de middag thuis zijn, en dan was ze weer terug. Ze ging met de trein. Ze wist niet hoe hij eruit zou zien, als volwassen man. Ze was bang dat ze hem niet zou herkennen. 'Zijn ogen, zijn mond, het was zo vreselijk lang geleden.'

Romi bood haar een slokje water aan, maar oma sloeg het af. Daarna verscheen een tevreden glimlach op haar gezicht.

'Prachtig was hij, een grote man. Dik haar en mooie donkere ogen. Eigenlijk net als zijn vader.' Oma hield haar hand een stukje in de hoogte.

Prachtig, net als zijn vader? Romi begreep er niets meer van.

Oma vertelde dat ze hem kort had gesproken. Maar hij wist niet wie ze was. Dat was maar beter ook. Wel had ze hem haar fotootje gegeven, van vroeger, van hen samen, op de stoep. Het was een van de weinige keren dat ze het kindje even vast mocht houden. 'Even,' zei ze, 'maar ik wilde hem nooit meer loslaten.'

Romi bleef dicht bij haar oma maar ze was wel opgestaan, ze kon niet langer op haar stoel blijven zitten. 'Sta je?' vroeg oma. Romi gaf niet toe dat ze nerveus was geworden, ze zei dat ze naast haar was, dat ze luisterde. Oma vroeg of ze een kussentje onder haar voeten kon leggen. 'Is dat wel goed voor je heup, oma?'

'Dat kan ik je zo vertellen,' antwoordde ze kalm. Romi tilde de deken vanaf het voeteneind een stukje op en zag de voeten van haar oma, voeten die nooit meer zouden lopen. Haar teennagels waren verzorgd als altijd, maar de kleur van haar huid was gruwelijk licht. Heel even twijfelde Romi of ze haar hielen durfde vast te pakken. Ze schaamde zich voor die gedachte. Met haar rechterhand tilde ze heel voorzichtig haar oma's voeten een klein stukje op bij de hiel. 'Gaat het, oma?' Ze knikte. Romi drukte een klein kussentje onder haar voeten. Haar oma zuchtte, dit voelde duidelijk beter in haar rug.

Romi ging weer zitten. Ze dacht aan de oom die niemand kende, de oom van wie haar moeder zelfs niet wist. 'Weet je waar hij woont, oma?'

'New York,' zei ze. Oma kuchte haast onhoorbaar. 'Toen hij zei dat het daar goed ging, dat hij een goed leven had, wist ik zeker dat ik dat niet mocht verstoren. Ik zou eeuwig zwijgen, zoals ik bij zijn geboorte had beloofd.' Haar adem werd zwaarder en Romi pakte haar hand. 'Geen dag in mijn leven heb ik niet aan hem gedacht.'

Ze huilde en draaide haar hoofd naar rechts, naar het raam. Romi kon zich ook niet meer goed houden.

'Deze pijn, meiske, in mijn lichaam, is niets vergeleken met wat ik je net vertelde. Daarom gaat dit me makkelijk af. Begrijp je dat?'

Romi kon niet meer antwoorden. Ze kon niets meer. Niet praten, niet troosten, niet denken. Ze voelde de pijn van haar oma, het uitgesproken verdriet dat ze het grootste deel van haar leven met zich mee had moeten dragen. Oma leek in slaap te vallen. Toen ze tien minuten later wakker leek te schrikken, vroeg ze of Ida al terug was.

'Nog niet, oma, ze zal zo wel komen.'

'Niemand weet hiervan, en dat houden we zo.'

Romi knikte. Daarna voelde oma aan haar eigen lippen, bij het eerste barstje haalde ze haar vingers weer weg.

'Vertel me eens over je vriendje,' zei ze, haast uitgeput na het vele praten. Romi durfde niet meer. Ze schaamde zich voor haar onbestemde liefdesgevoel, ze wist niet hoe ze erover moest vertellen, hij hield van haar met een waanzinnige kracht, maar zij, ach, ze wist het allemaal nog niet. Ze wilde meer weten over haar oom, over de NSB'er, over wat er allemaal was gebeurd, maar ze durfde er niet naar te vragen.

'Dat is ingewikkeld, oma. Maar lang niet zo ingewikkeld als het had kunnen zijn, begrijp ik. Ik vind het zo erg voor je, oma.'

'Ik had geen keus, kind. Het is goed zo.'

Romi knikte en bracht haar mond dicht bij haar oma's oor. 'Mama is terug.'

Haar oma glimlachte tevreden.

Romi gaf haar een kusje op haar voorhoofd. Ze rook anders dan vroeger.

Ook 's nachts lieten ze oma niet meer alleen. Romi's moeder sliep in het bed van haar ouders, vlak bij het ziekenhuisbed.

Na twee weken, de dosis pijnstillers was verhoogd en haar lichaam had het nog niet begeven, sprak ze aan-

zienlijk minder. Alleen het hoognodige kon ze nog uit-
brengen, waarvoor ze al haar krachten opspaarde. Ze
was uitgeput en opgedroogd.

Romi en haar moeder zaten onafgebroken aan haar bed.
Rustig en kalm, gelaten aanwezig, alsof de tijd stilstond,
ondanks het getik van de wandklok. Oma stelde soms
een vraag, op de meeste hadden Romi en haar moeder
helemaal geen antwoord, maar ze deden hun best. Hoe
lang het nog gaat duren, vroeg oma.

'Dat hangt er vanaf, mama,' of: 'Dat ligt eraan, mama.' 'Dat weten we niet, mama.'

Maar lang is een relatief begrip, zei Romi tegen haar
moeder die haar vragend aankeek. Een enkele keer zei
oma wat ze wilde als ze er niet meer is, straks, als ze er
straks niet meer zou zijn. Romi moest haar medaillon
dragen, of in elk geval goed bewaren, om later weer aan
haar kinderen door te geven. Romi zei dat ze dat zou
doen, hoewel ze niet wist of ze ooit zo'n ouderwetse ketting zou dragen. Meer dan instemmen konden Romi en
haar moeder niet.

Uit respect wilde Ida geen eten meer in huis hebben,
waar Romi het niet mee eens was, oma zou willen dat
zij gewoon aten. Maar haar moeder wilde de geuren niet
langer, die vond ze niet prettig voor oma. Een enkele
keer at ze een droge boterham, om niet van haar stokje
te gaan, maar verder werd er niets genuttigd. Romi at
haar broodjes sinds kort in het portiek, zo kreeg ze wat
frisse lucht, het begon behoorlijk muf te worden in het

appartement. Oma had het nu aldoor koud, dus werden de ramen dichtgehouden.

Het duurt lang, las Romi op haar mobieltje, een korte tekst van haar geliefde. Ze at haar croissantje op.

'Niet lang genoeg,' schreef ze terug. Daarna haastte ze zich de trap weer op.

Romi hielp de verpleegster om oma te wassen in bed, het ging steeds moeizamer, haar lichaam was zo verzwakt dat het eindelijk echt ziek leek te zijn. Precies zoals oma het wilde. Romi ergerde zich eraan dat deze verpleegster oma 'ijdeltuitje' noemde, wat ze had bedacht nadat oma had gevraagd of ze haar tanden in mocht houden. Ze wilde er hoe dan ook fris en schoon uitzien, ze was tenslotte altijd een echte dame geweest. Ze wilde ook steeds schone kleren aan, alsof dat nog uitmaakte. Ida smeerde zelfs crème op haar armen, die als stokjes naast haar lichaam rustten. Uit zichzelf konden ze al niet meer bewegen. De verpleegster had haar voeten weer op een kussentje gelegd, om haar rug minder te belasten. Ida vroeg de verpleegster of ze haar moeders nagels nog een keer mocht vijlen, ze wist hoe belangrijk ze dat vond. De verpleegster vond het overbodig maar had er niets tegen. Romi gaf haar het vijltje aan.

Romi overwoog geen moment om iemand over de onbekende man te vertellen. Wel keek ze, sinds ze dit wist, met nog meer verbazing naar haar oma. Hoe was het mogelijk dat ze een leven lang, meer dan zestig jaar, het bestaan van haar eerste kind had verzwegen?

Haar moeder had een broer, in Amerika. Misschien

hadden ze daar zelfs neefjes en nichtjes. Bloedverwan-ten – misschien leken ze wel op elkaar. Zou ze het ooit weten?

Ze hadden dezelfde moeder, maar een andere vader. Een foute vader. Kan iemand daar wat aan doen? Als je het kind bent van een foute vader, heb je daar dan iets mee te maken? En weet die man dat zijn vader zijn moeder lastigviel? Heeft hij haar verkracht, bedoelde oma dat? Maar waarom klonk het dan bijna liefdevol toen ze zei dat hij op zijn vader leek? Waarom klonk het alsof ze niet wilde dat hij werd vermoord? Daar moest ze toch achter staan?

Zou haar oom weten dat hij ongewenst was, het kind van een Joodse onderduikster? Nee, natuurlijk niet, oma heeft hem die wetenschap juist willen besparen, ze heeft hem beschermd door het te verzwijgen. Waar-schijnlijk was dat inderdaad het beste; waar had ze hem wel niet mee opgezadeld als hij de waarheid had gewe-ten? Uit misbruik voortgekomen, en ook nog door een nazi – maar dat zijn vader bij de NSB zat, zal hij toch wel geweten hebben?

Romi kon het niet plaatsen, zoveel vragen die ze be-ter niet kon stellen. Dit was niet het moment om vra-gen op haar af te vuren. En dat moment, dat zou er ook nooit meer komen. Misschien hoeven we niet alles te weten, we hebben al zo lang zonder dit geheim geleefd. Dat oma dit moest verzwijgen moet ondraaglijk geweest zijn. Maar ze heeft iedereen daarmee beschermd, ook zichzelf. Romi bekeek de foto's op de houten kast, ze keek naar haar ouders, zouden die ook geheimen met zich meedragen waar zij geen weet van had?

Of ze het kussentje weg kon halen onder haar voeten, vroeg haar oma ineens. 'Natuurlijk oma,' zei ze en ze sprong op. Het bloed was duidelijk weggestroomd uit haar voeten, Romi schrok van de kleur. Misschien waren haar voeten al gestorven, dacht ze, begint het allemaal onderaan.

Romi zat met honderden vragen die ze niet kon stellen. Maar oma had haar leven met haar gedeeld.

De meeste nachten deed Ida geen oog dicht. Terwijl de pijnstillers hun werk deden en haar moeder diep lag te slapen, stond Ida dertig keer per nacht op om naar haar bed te lopen, om zeker te zijn dat ze nog leefde. Alsof ze vergeten was dat dat juist niet haar moeders bedoeling was. Ze moest haar moeders keuze respecteren, maar had zich er nog steeds niet bij neergelegd.

Elke ochtend, als Romi door haar vader werd afgezet bij oma, vond Ida eindelijk de rust om een uurtje in slaap te vallen. Ze wist dat haar moeder het net zo fijn vond als Romi bij haar was. Romi was blij dat ze er kon zijn. De vakantie was al afgelopen maar ze had besloten de eerste colleges niet te volgen.

De derde week begon, Romi's moeder telde de dagen. Oma vroeg soms nog steeds hoe lang het nog zou duren. Ze kon inmiddels nauwelijks meer praten en begreep maar niet dat haar hart het niet begaf. Op de derde donderdag, Romi was precies drie weken daarvoor teruggekomen van haar vakantie, vroeg oma of ze het nog kouder zou krijgen.

En of ze haar tanden in mocht houden.

En of ze wel goed voor zichzelf zouden zorgen.

Of het wel zou werken, of ze wel zeker waren dat ze zou sterven.

Of het nog lang duurde.

Ze ademde zwaar en moeizaam, met haar mond open. Haar hele lichaam trilde.

Haar voeten deden zeer, ze voelde ze niet goed meer. Haar vingers stonden krommer, hoe was dat mogelijk?

Waar is het touwtje, vroeg oma steeds, het touwtje dat me bij elkaar houdt?

Romi keek haar moeder vragend aan, maar die keek net zo vragend terug.

Na een urenlange stilte vroeg oma of ze zich nog moest omkleden.

Hoe ze zich warm kon houden, straks, daar.

Ze wist niet dat doodgaan zo lang kon duren.

Geboren worden ook, zei Romi.

Ze herkende haar kleindochter aan haar stem.

Wat ben je toch mooi, zei ze, met gesloten ogen.

Ze vroeg weer hoe lang het nog duurde. En waar het zou beginnen.

Ze wilde graag gaan. Haar ademhaling werd zwaar. Het leek alsof ze in een diepe slaap viel.

'Slaapt ze?' vroeg haar moeder nerveus.

Romi wist het niet.

Oma kwam terug. 'Moet ik nog worden omgekleed?'

Niemand gaf antwoord.

'Ik heb het zo koud. Maar ik voel je warmte, mijn Ida. Mijn liefste Ida.'

Pas toen het weer stil was, hoorde Romi dat haar moeder zachtjes huilde.

Alleen de wandklok, die net het hele uur sloeg, overstemde dat geluid.

Oma schrok wakker.

'Kijk, daar is ze,' fluisterde oma met gesloten ogen. Ze glimlachte voorzichtig met trillende lippen. 'Kijk, de danseres. Ik hoef niet meer door te lopen. Hoor je dat? Het hoeft niet meer. Ze zal me beschermen.'

Haar glimlach verdween terwijl haar gezicht langzaam opzij zakte in haar kussen. Ida hield voorzichtig haar hand vast.

'Is dit waar het begint?' mompelde oma, haast onverstaanbaar met haar gezicht weggedraaid.

Romi kuste haar oma zacht op haar wang. 'Ik weet het niet, oma. Ik weet niet waar het begint.'

Alleen waar het eindigt.

IV

Gehaast verlaat ze Penn Station. Ze loopt vol spanning richting Fifth Avenue en laat de drukte van de grote stad op zich inwerken. Al is ze een onwennige buitenlander, ze weet precies waar ze naar op weg is.

Ze besluit de resterende afstand met een taxi af te leggen. Zonder een woord met hem te wisselen zit ze achter de chauffeur, zenuwachtig om wat haar te wachten staat. Na enkele minuten rekent ze het verschuldigde bedrag af, waarna ze haar zware rugzak weer over haar schouders slingert.

Ongeduldig en veel te snel beklimt ze het statige bordes, zich ervan bewust dat de inspanning haar doet transpireren. Ze voelt zweetdruppels op haar voorhoofd en achter in haar nek, ze tilt haar gouden ketting op om met haar andere hand haar nek droog te vegen. Ze voelt het medaillon tegen haar huid. Ze haalt haar vingers door haar lange haar, ze moet wel netjes voor de dag komen. Ze kijkt in het spiegeltje op haar mobiele telefoon en ziet dat ze geen bereik heeft.

Ze hoeft ook niet bereikbaar te zijn.

Bij de ingang van het museum aangekomen, probeert ze rustig te ademen. Ze koopt een toegangskaartje tegen studententarief. Met tegenzin laat ze haar grote reistas achter bij de garderobe. Met een onderdrukte haast begeeft ze zich naar de tweede etage van het imposante gebouw, zelfs de verdieping had ze kunnen achterhalen. Bijna, denkt Romi bij zichzelf.

Eindelijk staat ze stil. Hier moet ze zijn.

Ze vlecht haar vingers ongemakkelijk in elkaar, terwijl ze in de ogen kijkt die alles hebben gezien.

Alles.

Dankwoord

Voor steun, liefde en begeleiding gaat mijn dank uit naar Daniël Schipper, Marcel Möring, Anne Margriet van Dam, Rob en Marion Kornmehl, Mirjam Schipper, Jaap Nico Hamburger, Micha Schipper, Jeannette ten Kate, Irwan Droog en aan Christoph Buchwald, Eva Cossée en alle medewerkers van hun unieke uitgeverij.

Ariëlla Kornmehl bij Uitgeverij Cossee

Een stille moeder
Roman, paperback, 208 blz.

Op haar eenendertigste wordt Loenia plotseling terugge-
roepen naar haar geboortestad Sint Petersburg, waar ze
sinds haar huwelijk in Nederland niet meer is geweest.
Haar vader is er slecht aan toe en wil nog een keer met
zijn geliefde dochter praten. Hij vertelt hij dat hij nooit
zeker heeft geweten of hij de echte vader is van Loenia,
zijn oogappel. Misschien wil zij het gesprek met haar
moeder daarover aangaan?

Loenia is sprakeloos. Haar moeder, die haar kind
nooit wilde belasten met het verleden, is onthutst. Maar
toch: aarzelend begint zij te vertellen over haar studie-
tijd in het Tsjechische Brno eind jaren zestig. Over haar
twee grote liefdes en de onmogelijke keuze die ze toch
moest maken.

In *Een stille moeder* vertelt Ariëlla Kornmehl over mensen die bereid zijn bergen te verzetten voor hun liefde of
voor een ideaal. En die, omdat dit soms te moeilijk is of
omdat zij te zwak zijn, andere middelen gebruiken om
hun doel te bereiken.

Een stille moeder is bekroond met de Boekdelenprijs 2011
voor het beste leesclubboek.

Meer informatie over Ariëlla Kornmehl en de boeken
van Uitgeverij Cossee vindt u op www.kornmehl.nl
en op onze website www.cossee.com

Wilt u op de hoogte gehouden worden over alle
boeken en uitgaven van Uitgeverij Cossee, schrijf u
dan in voor de nieuwsbrief op www.cossee.com en
volg ons op Facebook en Twitter